U0871280

拉美
10 天敢动
假期
↓

墨西哥
+
古巴

MEXICO

CUBA

拉美
10 天敢动
假期

项明生

墨西哥
+
古巴

生活·讀書·新知 三联书店　生活書店 出版有限公司

图书在版编目（CIP）数据

拉美10天敢动假期：墨西哥+古巴/项明生著．—北京：生活书店出版有限公司，2016.6

ISBN 978-7-80768-112-0

Ⅰ．①拉… Ⅱ．①项… Ⅲ．①游记－作品集－中国－当代 Ⅳ．①I267.4

中国版本图书馆CIP数据核字(2015)第185467号

策 划 人　李　娟

责任编辑　苏　毅

封面设计　视觉共振设计工作室

内文设计　罗　洪

责任印制　常宁强

出版发行　生活書店出版有限公司

（北京市东城区美术馆东街22号）

邮　　编　100010

经　　销　新华书店

印　　刷　北京顶佳世纪印刷有限公司

版　　次　2016年6月北京第1版

2016年6月北京第1次印刷

开　　本　880毫米×1230毫米　1/32　印张7.5

图　　字　01-2015-4217

字　　数　150千字　图片329幅

印　　数　0,001-8,000册

定　　价　58.00元

（印装查询：010-64052066；邮购查询：010-84010542）

墨西哥旅游局官方序

我很骄傲，看到这本充满激情和力量的描述奇妙之旅的作品。这本书不是一本简单的旅游指南，它将带你领略墨西哥伟大悠久的历史、无与伦比的文化。

这本书描绘的墨西哥，正是一个文化多元、色彩斑斓、别具风味、多彩多姿的国家。项明生走进了墨西哥三千多年的历史长河，他身临其境，参观拉丁美洲最早的文明诞生地，除了玛雅奇葩——位居世界新七大奇迹之一的奇琴伊察，还入住了殖民地风格的古迹庄园Haciendas，不可或缺的还有坎昆的阳光沙滩，以及品尝墨西哥美食。

我谨代表墨西哥旅游局，欢迎朋友们来亲身体验，定会超乎你想象！

墨西哥旅游局驻北京办事处

Militza

古巴旅游部官方序

我相信借助著名游记作家项明生的这部作品，定能让您认识“安的列斯群岛上最大的岛屿”，那是“真正的古巴”！

古巴有丰富的旅游资源，有美丽精致、充满魅力的旅游景点，有悠久的文化和热情好客、快乐无比的人民！

在此致以我真挚的问候，希望在古巴见到您！

古巴旅游部驻北京办事处　首席代表

伊丽莎白

李焯芬序

“衣、食、住、行”是人类生活的四个基本需求。随着物质条件的逐步改善，“行”的内容也日趋丰富，还包括了“行万里路”式的旅游。香港市民每年外出旅游者甚众，旅游的目的也不一而足：有人只想休闲歇息，有人喜欢吃喝玩乐，也有人着眼于开阔视野，多了解不同国家的文化历史及民族风情，乃至不同文明在历史进程中的互动和影响。

旅游的人多了，林林总总的旅游书也就应运而生，供旅游者参考，或作规划行程之用。笔者每年也总会买一些这样的旅游书，作参考之用。说句实话，这些旅游书大多是平铺直叙，主要是提供一些旅游信息或景点照片。偶尔参考一些当地历史文化的书籍，也是平铺直叙为多，其中有些读起来不免令人感到沉闷。项明生先生早前写的游记《足足五千年》和眼前这册《拉美10天敢动假期：墨西哥+古巴》，却是格外地例外和惊喜。项明生的文笔极其生动活泼，尤富文采，完全具备了优秀作家的条件。他的游记既提供了丰富实用的旅游信息，帮助旅游者好好规划自己的旅程，同时又是一篇篇文学水平甚高、可读性甚强的散文佳作，真的是一举两得、一书两用。最重要的是他在整本书中十分成功地吸引着读者的兴趣，完全摆脱了一般旅游书平铺直叙的框框。

项明生的旅游散文，同时亦展示了广阔的文明视野和较深层的文明反思，这也是一般旅游书所欠缺的。当然，这也反映了作者深厚的文化素养和人文情怀。一般的旅游书，我们在旅途结束后就不必再读或再用了，可项明生对人类文明的探索和反思，却是历久而弥新，值得我们一再细读，足以引起我们思考。语云，文章千古事，于此亦近矣。

香港大学专业进修学院院长
李焯芬

前言

45亿年开花，5 000年结果

——地球的2012

抬头望星空，茫茫宇宙，沧海一粟的你我，有存在感吗？灰飞烟灭，存在过吗？天地玄黄，宇宙洪荒。何时为始，何日为止？哪里是头，何处是尽？

140亿年前，宇宙起源于大爆炸。

136亿年前，宇宙1 000亿个星系中，流淌出一条涓涓的、闪烁不停的溪流——银河。

45亿年前，银河的2 000亿个星云中，某个转角处偶尔发生了小意外，一次超新星爆炸产生了——啊，她就叫太阳。她的附近，孕育出八个小小的行星围着她撒娇。

其中一个年轻的蓝色行星，我们唤她作母亲——地球。

38亿年前，生命起源于地球蓝色海洋中的蓝菌，然后出现了植物，随后是动物。

440万年前，一个叫阿尔迪（Ardi）的猿人，在非洲的原野上，战战兢兢地站起来了。她是地球上第一个人。

100万年前，我们的祖先由非洲出发，展开了万年之旅，迁徙繁衍到四大洋、五大洲，演变成为白种人、黄种人、棕种人等。

50万年前，北京周口店的森林中，猿人们第一次钻木取火。

1万年前，最后的大冰河时期结束。

5 000年前，人类文明的火花，绽放在阿尔迪的家乡旁边——尼罗河流域及两河流域。

短短5 000年之中，由六大古文明到航海大发现、工业大革命，人类飞快地征服了地球的每一个角落，擒拿了每一种飞禽走兽，攀上了世界屋脊，也深潜到了海床。同时害得众多生物绝种，原始森林砍伐掉九成，环境污染到头上的臭氧层都穿了两个大洞。

70亿人伴着高科技文明昂然进入千禧年。欢迎我们的，依旧是地震、海啸、瘟疫、洪水、台风、干旱、全球变暖、大量动物离奇死亡等，这些无不在陈述地球母亲的哭泣。

地球，45亿年开花，5 000年结出文明的种子。果子，会有掉下来的那一天？这些是末日的征兆吗？ 6 500万年前，一颗直径达15公里的小行星撞上墨西哥的尤卡坦半岛，撞击能量相当于广岛原子弹爆炸的10亿倍，导致地球末日来临：超级地震、大海啸、全球

位于墨西哥的希克苏鲁伯陨石坑，是世界上第一次末日来临的科学证明

急速冰冻。几日之内，灭绝了地球上大部分生物，包括曾经横行全球的恐龙。撞击遗留的陨石坑叫“希克苏鲁伯陨石坑”（Chicxulub Crater），直径约180公里。

2010年3月5日，经过20年的研究，美、英、日等12国科学家在权威的《科学》杂志上发表此结论，这是《科学》唯一承认的有根据的世界末日。

但在1 000年前，玛雅人已经知道了。Chicxulub是玛雅语，解释出来是——“恶魔的尾巴”，形象地描绘出了6 500万年前撞击地球的这颗小行星。

玛雅人的哈布历中，地球已经历了四次末日，最后一次，也就是第五次的末日将是公历2012年12月21日。那一天，是“地球岁差”的生日。那一天，是冬至，也是公元前6世纪玛雅哈布历的起点日。那一天，将呈现一个25 000年难得一见的天文异象：当地球运行到公转轨道上的冬至点时，太阳、地球和银河系中心的人马座，正好相遇在同一条线上。银河系中心有一个400万个太阳质量的黑洞“银心黑洞”，将引发前所未见的天文异象。

我们如果可以学习2 500年前的印度小王子，观照到一花一世界，一尘一佛土，一沙一宇宙，一刹那中有九百生灭，须臾已经包含三世(过去、现在和未来)，固然不必为“过去”“末日”所困惑，而活在当下。

但凡夫俗子，每天最给力的不是内心觉知，而是上网八卦。由于有关“2012世界末日”的传言太甚，美国国家航空航天局（NASA）史无前例地设立了一个网页来澄清2012传言（http://www.nasa.gov/topics/earth/features/2012.html）。

于是，在2012年到来前，平凡的我决定用年假，启程前往玛雅人的家乡——中美洲的墨西哥。

很多人都问过我一个问题：“你不是在早九晚五地上班吗，怎么去年才去了秘鲁，今年又去墨西哥？”

原来，中南美洲一向都是大家印象中富豪、退休人士、教师等有三个月时间、数万美元旅费才敢奢望的终极目的地。

其实，少到只有十日大假，穷到一万多港元，也可以挑战中南美洲，只要你敢！

这不是一本齐全的墨西哥、古巴“天书”。十天，不可能遍游这两个底蕴深厚的拉美国家的所有景点。这只是我一个人的十日游，是希望对你有启发的一本游记散文。这更不是一个豪食、狂买、暴SPA的再平凡不过的“港式旅游”，这是个斑斓性感的旅程，足下跨越墨西哥、古巴七个城市、四大古文明、两种社会制度；神游艺术文化、天文地理、建筑饮食、音乐文学、政治民生、语言宗教的奇幻之旅。

项明生

2011年7月

位于墨西哥的玛雅金字塔，蕴藏着世界末日——2012的秘密

10

拉美 10 天敢动假期

MEXICO 墨西哥

CUBA 古巴

目 录

Hasta la Victoria Siempre

SISAL

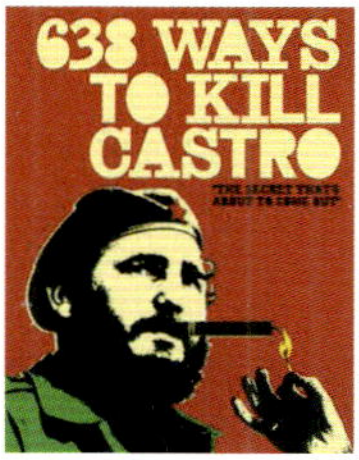
638 WAYS TO KILL CASTRO

01

MEXICO

出发前，上网做功课

>> 世界太大，自己太小

20年前在德国汉堡的青年旅舍，我在上层床铺整理行李时，掉下一本书，打到一个人的头。他一叫，咦，声音怎么那么熟？我望下去，哇，天啊！他是我多年不见的中学同学！鬼使神差的，他也是暑假时由香港来了德国，来了汉堡，也住在这家青年旅舍，并被安排到了我的下铺。我们唯有笑着大唱“世界真是小”！

但今天，我忽然发现，世界太大，自己太小。

前天才由南印度回来，今天又开始计划我的中美洲之旅了，因为要在每年4月之前，燃烧完我剩下的全部十天年假。

自前年去了秘鲁后，我就一直梦回神秘热情、无与伦比的拉丁美洲，还有那条不可拖延的公开死线——2012。

回来两天忙公事已经晕头转向，根本没时间计划我的美洲行程。

我的梦想是深入了解玛雅的秘密。十多年前，美国朋友开车带我由加利福尼亚州进入墨西哥的Baja California，我嚷着要去看玛雅金字塔，结果只看到纪念品商店的金字塔模型！因为真正的金字塔不在太平洋沿岸，而在大西洋那边的尤卡坦半岛。

今天终于有时间请教去过的朋友，草拟了一个行程表，计划经美国去墨西哥城，再去特奥蒂瓦坎（Teotihuacan）日月金字塔、土拉（Tula）等附近遗址。然后坐内陆机去海边的坎昆（Cancun），以此为基地再去附近的Uxmal金字塔、帕伦克（Palenque）和奇琴伊察（Chichen Ttza）。

一上谷歌地图，原来传说之中很远很远的古巴就在墨西哥坎昆的旁边！那里是Buena Vista Social Club（简称BVSC）的家乡啊！

光是为了我最爱的这个古巴乐队，我就有冲动，要在末日来临之前，顺路去一趟古巴首都哈瓦那（Havana）！

美国仍然在封杀古巴，所有美国航空公司都不飞哈瓦那！好，我就找墨西哥航空公司Mexicana Air*！这是网上订票的结果：

Mexicana Air

All reservations or purchase of tickets for flights with a destination to or departure from Havana, must be made with a credit card issued in Mexico by a Mexican company. You must contact a Mexicana phone representative to reserve or purchase such tickets with a credit card issued by a non-Mexican company.

意思是墨西哥的其他城市外国人都可以网上购票前往，但前往哈瓦那的机票，只有墨西哥人才能在网上买！虽然古巴很好、很近、很便宜、很独特，但我又如何一时间变成“老墨”（我的美籍阿姨对墨西哥人的称呼）呢？

古巴航空公司的官网，祝君好运！

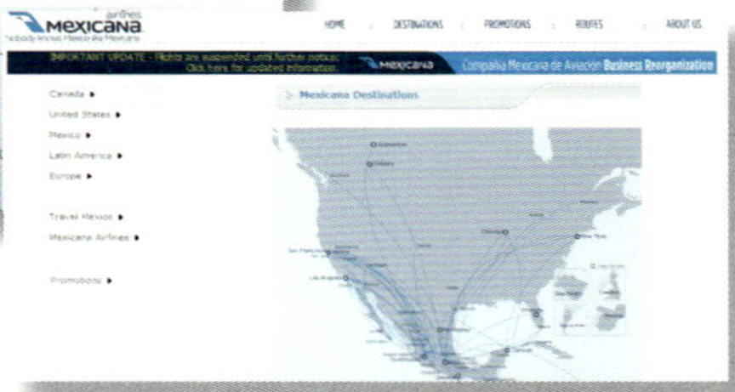

墨西哥航空公司不接受外国人购买赴古巴机票

* 墨西哥航空公司（Mexicana Air）：2010年8月宣布破产，有关重组消息请留意其网站公布。截至2011年5月的官网消息，墨航重组后会重新投入服务。

又找到古巴自己的航空公司古巴航空（Cubana Airlines）的网站，但是，网站死了，一连三天都无法登录！

我在网上浏览世界各地背包客的游记。原来除了墨西哥，旁边另一个小国伯利兹（Belize）的玛雅遗址Lamnanai漂亮完整，而且特区护照免签！前往古巴需要签证，但古巴驻香港领事馆不但没有网站，而且一星期只有三天接受申请，也不知何时签好。看来，我是注定要在计算机上听BVSC的歌了。

网游美洲，越看越远，危地马拉也有玛雅金字塔，还有洪都拉斯、尼加拉瓜……

唉，世界太大，自己太小。

>> 无法自控地爱上“邪恶”

基本上，和西方世界接轨的国家，都很容易自由行，包括外国人要去今天的中国内地，当然，代价就是，再也无法体会20世纪70年代根红苗正的中国特色了。

所以，我要趁缅甸（已去过）、伊朗（已去过）、伊拉克（还未开放）、朝鲜（计划中）、利比亚（未开放）和古巴还是美国所谓的“邪恶轴心”（Axis of evil）的幸存成员，还在高举反美帝旗帜，还敢叛逆世界潮流，还未被铜臭污染时，去体会这种真实脱俗的非同凡响。

应该说，甘心守着“邪恶”的鹤立鸡群，比身边众多庸俗不堪的随大流、跟世界潮流，大概困难和勇敢一百倍吧！

经过一个星期的努力，终于，我的古巴之梦成行了。

经过网友介绍，我认识了一位曾去过古巴的朋友，他确切地告

古巴，独树一帜的南半球唯一的
社会主义明灯

诉我，在墨西哥坎昆可以轻易买到第二天去古巴的机票，不用事先在香港买。而在墨西哥坎昆机场，用香港特区护照可以落地签证，进入古巴。如果你胆子够大的话，可以试着讲香港特区护照就是中国护照，听说中国护照是免签的。

>> 选妃记：选择古巴民宿

虽然没有机票、没有签证在手，但我还是在网上查询了住宿。古巴哈瓦那有唯一的一家五星级酒店（Hotel Nacional de Cuba），1930年开张，本来是美国的品牌洲际酒店，古巴革命后被充公成为国营酒店。硬件看上去不错，但听闻服务态度恶劣。然而我更想深入体会古巴人的生活，古巴有5 000间特色民宿（Casa），绝对是古巴之行的亮点。

5 000间民宿，如何选择呢？我先看美国网站Trip Advisor的游客网评，这是最著名的旅游网评站；再看内地和港台各旅游论坛、游客亲身体验后发的博客，选择十多间民宿后，就上民宿的网站看相片、看网评。其中一些位于哈瓦那的旧区，交通方便，但民宿位于旧式大厦中，像外观十分残破的公寓。

位于新城区Vedado的民宿，就像样多了。有很多革命前富人的独立洋房，有麻石大宅、罗马门柱、云石地板、前后花园。我就直接电邮屋主，当然不是个个有回复，十个有八个都石沉大海。所以，先要多选几间民宿，渔翁撒网！反正民宿价格受国家控制，徘徊在25—30 CUC（约合250—300港元）。哈瓦那没有地铁，交通都靠出租车，所以我纯粹是“选妃”一样，只看外观！

长居Trip Advisor，最受欢迎的民宿叫“安娜之家”（Ana's Casa）。她的民宿十分出名，长年爆满，预约最少要半年以上。但安娜基本是一位非官方的古巴旅游大使，她的民宿爆满后，她也会耐心地介绍她朋友的民宿给你。她的回邮速度及素质均位居所有民宿之首。我经过她的介绍，找到后来住宿的“玛格丽特之家”（Margarita's Casa）。

美商的洲际酒店，被充公成为国营的古巴国家酒店

我预订的第一家民宿——玛格丽特之家，曾是一位古巴大使的官邸

>> 网上订墨西哥机票、车票

出发前，我的古巴之行什么准备都没有，没有机票，没有签证，我有些担心。

相比之下，墨西哥之行的准备简单容易得多，我很轻易就在西班牙语网站找到和预订了我需要的各种机票、车票。

墨西哥有两家主要航空公司——Mexicana Airline（www.mexicana.com）及Aeromexico（www.aeromexico.com），前者的官网可以购买Multi City（多个不同城市）的机票，即不用回到同一个城市，因为要在十日内逛完这个中美洲最大的国家，一定不能走回头路。我在Mexicana Airline官网上买由美国洛杉矶直飞坎昆的机票，由行程最尾站墨西哥城飞返洛杉矶，来回票价790美元（含税）。

另一程乘内陆机由比亚埃尔莫萨（Villahermosa）去墨西哥城，

我则在Aeromexico的官网上买，因为航班更频密，单程票为148美元（机票78美元，税70美元）。

墨西哥的长途巴士网络十分健全，四通八达，公路状况更是一流，高速公路媲美美国！长途巴士座位很舒适，班次频密，价格便宜，最重要的是十分安全。所以，来回墨西哥各个城市，我都是依靠长途巴士。巴士的等级很多，由最豪华的De lujo到一等车Primera，站站停的二等车Segunda，等等。

由于主要的景点都在尤卡坦半岛及墨西哥中部，ADO巴士是不二之选。基本上都是豪华车或一等车，没有二等车。大部分城市我都是到了巴士站才买车票，除了撞到假期，热门旅游点会爆满。

所以，我在香港时，在ADO的网站（www.ado.com.mx）上，见到由世界新七大奇迹奇琴伊察至美丽达（Merida）的车票，当日只剩下10个座位了，我就先在网上订了票。网站虽然只有西班牙文，可以抓下来，放到Google的网上翻译，就一目了然，轻易订到了。

在Aeromexico航空公司的官网上，可以轻易买到墨西哥内陆机票

不要被ADO巴士官网满目的西班牙文吓住，用网上翻译，就能轻松过关

>> 一个旅程，五个文明，六个世遗

中美洲是整个新大陆的文明起源，西班牙殖民前，5 000年共经历过十八个文明。这次旅行，我精选了四个具有代表性的古文明，包括奥尔梅克、特奥蒂瓦坎、玛雅及阿兹特克。

除了四大古文明，我还特别穿插游览了两个殖民地小镇和一个阳光沙滩。不然，虽然喜欢，但全程是古文明遗址，也担心我会对着大堆石块消化不良！

全程共有六个世遗景点和阳光沙滩。

沾沾自喜地附送"邪恶"美丽的、自成一家的古巴！这是一个尚有英雄的小岛，不止有格瓦拉、卡斯特罗，哈瓦那的空气里还有Buena Vista Social Club的余音袅袅，加送海明威的《老人与海》现实版——永不低头的社会主义明灯古巴！

如果只有10天大假（不计美国转机），想游遍墨西哥和古巴，这不是梦！

美洲文明的代表——玛雅！走遍四个有代表性的玛雅遗址，包括尤卡坦半岛上的土伦、科巴及奇琴伊察，还有保存最完整的王城帕伦克，深入了解2012的秘密

“二战”前西班牙殖民地犹存风韵：美丽达·坎佩切

加勒比海的透明碧海、无尽白沙：坎昆

古巴永恒的英雄——切·格瓦拉

>> 十日游遍墨西哥、古巴行程表

很多人都用一两个月时间去慢玩中美洲，这种长线的行程表网上有很多。行程大多以墨西哥城为起始站。要省时间，就不能采用这种走回头路的行程。我于是计划了一个单向的行程。

但我为什么由坎昆入，由墨西哥城走？这个问题我考虑了很久才决定。因为坎昆是最接近古巴的外国机场（本来是美国迈阿密，但美国对古巴封锁了半个世纪）。我一般需要在最后一站疯狂购物，坎昆是美国游客的热门地点，物价全国最高，不适合购物，所以最后一站要去购物热点墨西哥城。

到了美国后，墨西哥—古巴十日行总共有五程飞机。除了前往古巴要坐飞机外，由中部的比亚埃尔莫萨前往墨西哥，我也选择了内陆机。如果时间充裕，也有长途巴士可供选择。

飞机自然是最省时的交通工具，对于时间宝贵的白领族来讲，长途巴士还是可免则免

飞机路线图

以下是我精心编排的10天墨西哥和古巴行程，供时间宝贵的你参考！如果加上来回机程，总共为14天。

首先由美国洛杉矶前往墨西哥的加勒比海海滨度假城市坎昆。

第一日：以坎昆为基地，上午攀登科巴大金字塔，下午游览侏儒海滨宫殿——土伦。

第二日：由坎昆飞一个小时到古巴——乐满哈瓦那，夜宿民宿。

第三日：哈瓦那新城区，探访民宿之母，硬闯Coppelia雪糕公园，夜蒲音乐之家。

第四日：哈瓦那旧城区、Vieja、海明威足迹。

第五日：回墨西哥坎昆，享受加勒比海的阳光沙滩。

第六天：去世界新七大奇迹奇琴伊察，再到西班牙殖民小镇美

丽达，夜宿小镇坎佩切（Campeche）。

第七日：慢游坎佩切的世遗西班牙老城区，晚上去帕伦克。

第八日：上午游览现存最大、最完整的世遗——玛雅王城帕伦克，中午坐车去比亚埃尔莫萨，下午探访美洲文明之母——奥尔梅克文明。坐夜机前往墨西哥城。

第九日：上午参观世遗墨西哥市中心广场，下午深入了解美洲最重要的人类历史博物馆。

第十日：上午去特奥蒂瓦坎的日月金字塔，下午去手工艺村购物大出血。由墨西哥城回美国洛杉矶。

墨西哥巴士网络完善，公路四通八达，ADO的班车频密准时，是最佳的内陆交通工具

路线3

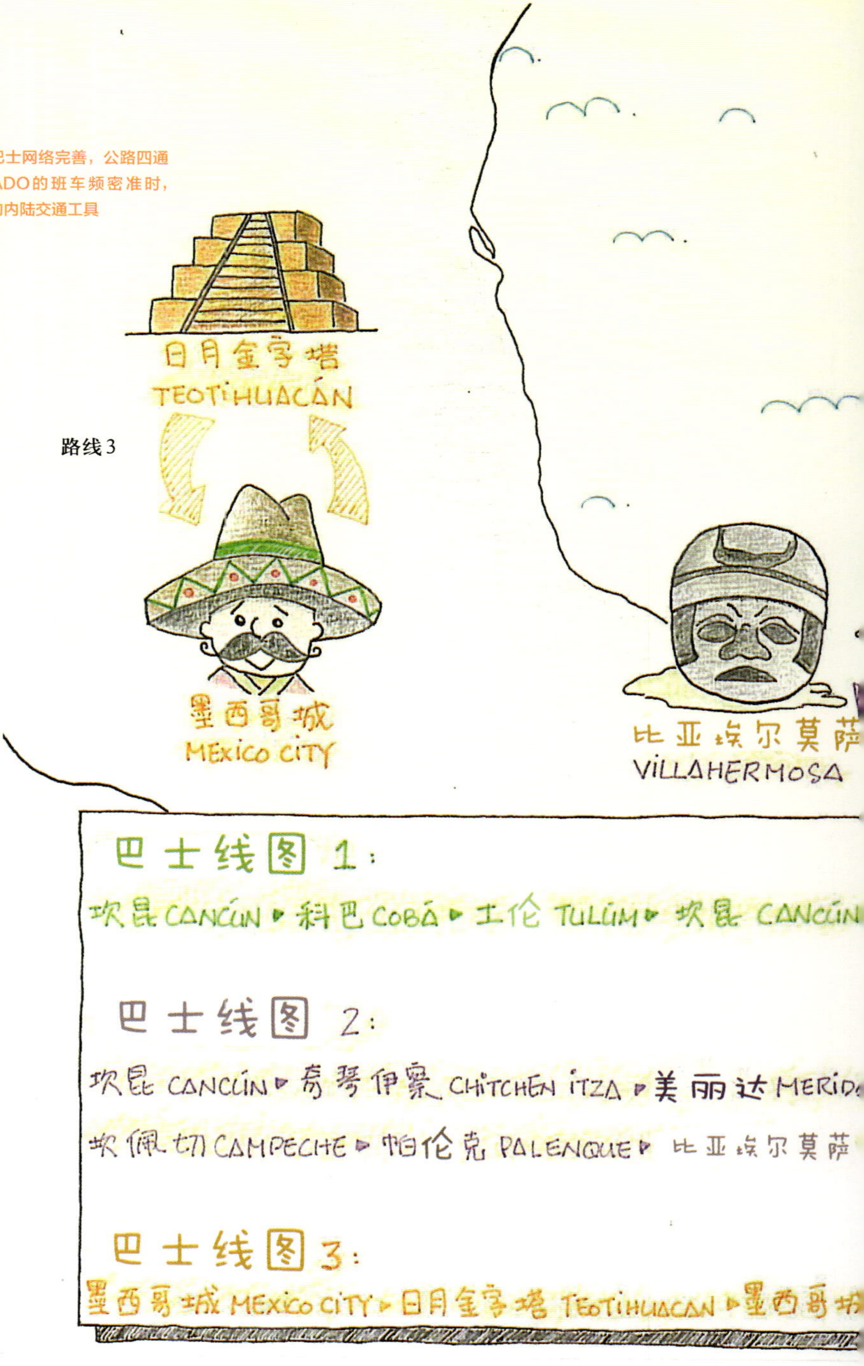

坎昆
CANCÚN
美丽达
MERIDA
路线1
奇琴伊察
CHITCHEN ITZA
科巴 COBÁ
土伦 TULÚM
路线2
坎佩切
CAMPECHE
伦克
NQUE
巴士路线图

02

MEXICO

初抵坎昆：Donde Esta 买古巴机票？

>> 幽默的墨西哥海关

由亚洲去墨西哥，是不方便的。国内唯一的上海直航自2009年墨西哥猪流感爆发取消后，2010年4月才复航，票价一万元人民币！于是我取道美国，顺便探亲。国泰香港直飞洛杉矶，11个小时，来回票价7 800港元。

亲戚送我到了洛杉矶机场，坐Mexicana Airline早上10点的飞机去墨西哥尤卡坦的首府坎昆。洛杉矶机场用Priority Pass（机场贵宾卡）可以入Lounge（休息室），是大韩航空运营的，又新又大，很多水果。飞机上乘客爆满，因为很多美国大学生趁春假去坎昆的阳光沙滩狂欢。毕竟来回票价只有790美元，墨西哥消费水平约是美国的一半，对美国人来讲，就像香港人去泰国一样方便。

6个小时到达坎昆。墨西哥的海关很幽默，出海关时要旅客拍打一个像老虎机一样的按钮，顶上的电子图案显示是绿色，就不用检查行李。如果你拍中红色，恭喜你，去另一边，开箱慢慢检查。我本来想把这个幽默的“先进设施”拍下来，但被海关人员制止。

赶去机场内的古巴航空公司（Cubana Air）售票处，想买去古巴的机票，网上标价270美元。但才下午4点半就已经关门大吉了！旁边的墨航Mexicana也能飞古巴，但要350美元，留位免费，我就当多买一个保险，留了后天去古巴的机位。

酒店那边是风高浪急的加勒比海，这一边是风平浪静的泻湖

>> 买到去古巴的机票啦

玛雅文明的重要遗址，最多的是在加勒比海旁的尤卡坦半岛，其首府坎昆（玛雅语，意即蛇窝）不仅是墨西哥游客最多的旅游城市，也是西半球最大的旅游城市，每年多达400多万游客。

碧海白沙，附加玛雅金字塔，已经是独步美洲的无敌景点。这里更是最接近古巴的西方城市。我将以此为基地，前往神秘的古巴，并探访尤卡坦半岛上的众多玛雅遗址。

坐车去坎昆的酒店区（Zona Hotel），机场巴士很便宜，但只到坎昆市中心，离酒店区尚有半小时车程。于是我选择搭“点到点”直接到酒店门口的小巴Share Van，15美元。

坎昆由两个分隔开的、截然不同的区域组成：市中心（El Centro）和酒店区（Zona Hotel）。1969年，美国阿波罗号首次登陆月球，中国“文化大革命”正如火如荼，尚是小渔村的坎昆，当年就被

坎昆是墨西哥最大的旅游城市，也是前往各玛雅文明遗址的理想基地

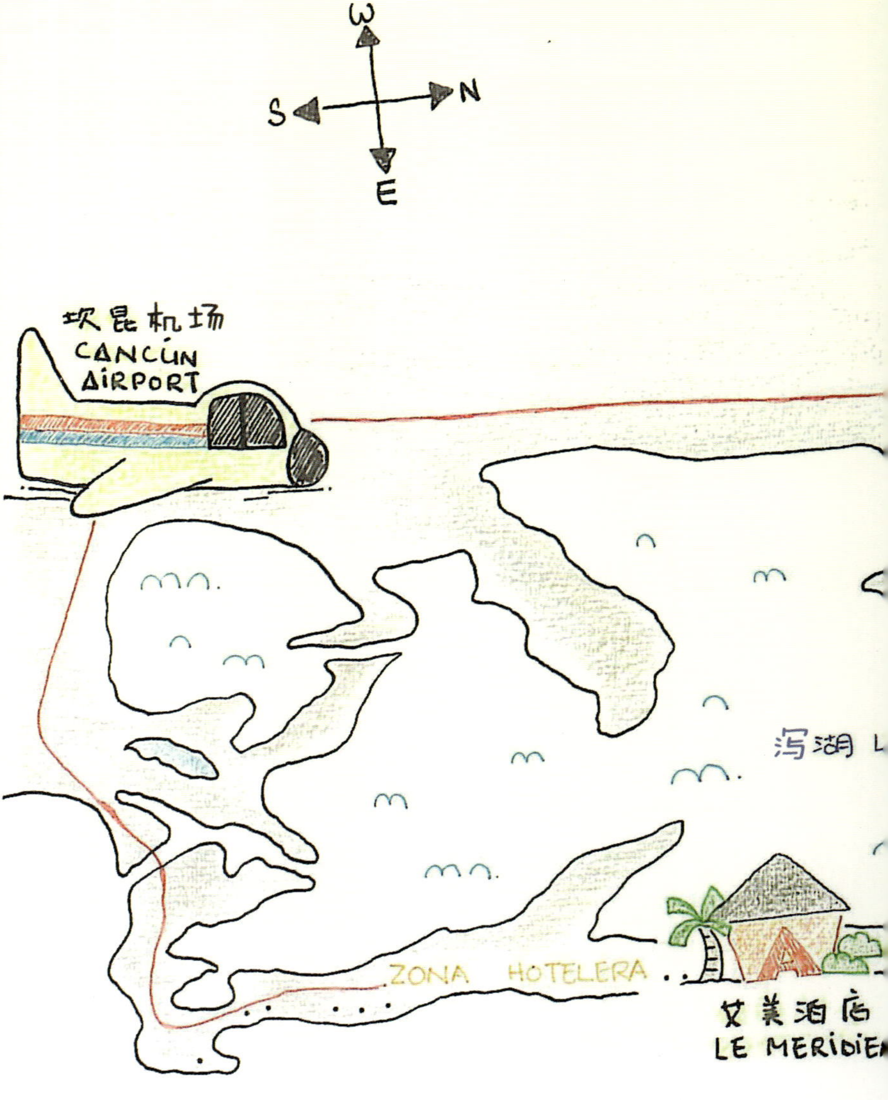
W
S
N
E
坎昆机场
CANCÚN
AIRPORT
泻湖
ZONA HOTELERA
艾美酒店
LE MERIDIEN

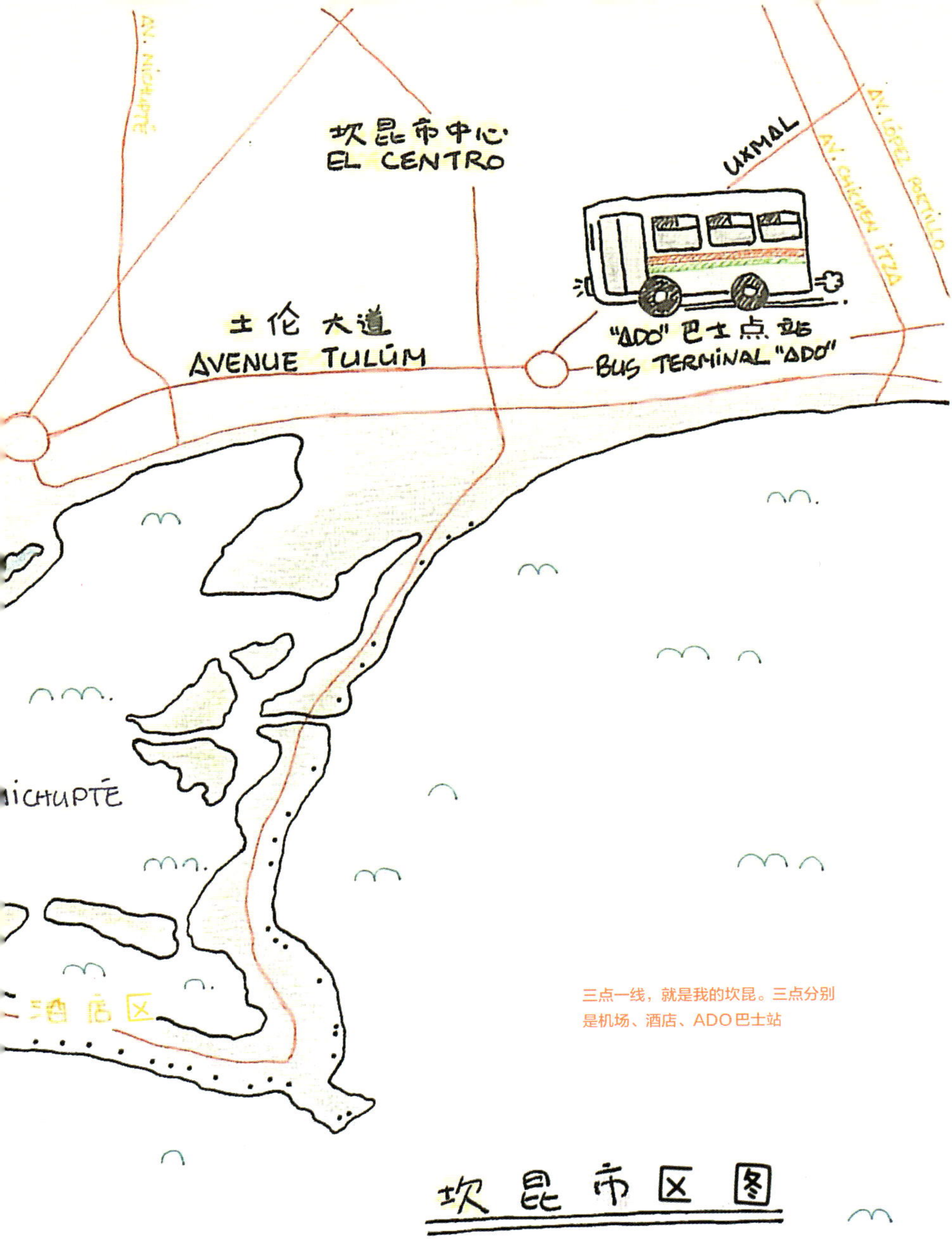

三点一线，就是我的坎昆。三点分别是机场、酒店、ADO巴士站

03

MEXICO

加勒比海旁的玛雅遗址

>> 大本营：坎昆

“梦里不知身是客，一晌贪欢。”不知是窗外的绿波白浪，还是天边的红霞金光，刺醒了我的梦。

加勒比海的海水和马尔代夫的一样，不是我们见惯的深不见底的蓝色海洋，而是翠绿透明。巨浪比人还高，沙滩上挂了红旗，禁止下水。又白又细的沙滩绵延十里，最适合跑步，会经过数十家名牌酒店。

Meridian酒店的早餐很丰富，有手掌大的墨西哥玉米卷饼上放上不同的Topping（配料），有点类似西班牙的Tapas（餐前小吃）。用叶子包住玉米饼和鸡肉蒸熟的，原来是墨西哥粽子，叫Tamales。叫茶时，不是随便给你一杯冲好的大众红茶，而是侍应捧着一个有九款不同味道茶包的木盒任君选择。还有法国香槟任喝，早餐喝香槟倒很少见。

阳光椰影挑逗着雪白的外墙，海风温柔地吹动阳台天花板上的巨型水晶灯罩，此景似曾相识！原来像极了电影《欲望都市》（Sex & City）中四个女人去散心的酒店！

>> 登上科巴大金字塔

吃完早餐后去坐“会飞的R1”巴士，只要20分钟就到了市中心。因为ADO巴士总站在行车线对面，被马路中央的大树完全遮住，我昨晚就错过了，另一个方法是看到那个巨大的麦当劳招牌时，按铃下车即可。

日出时翠绿的加勒比海，沙滩上有很多美国游客在晨练

墨西哥的便利店，不是7-11，而是当地品牌Oxxo便利店。我在那里买了一大瓶水，9.5比索（合6.6港元），然后上车去了科巴（Coba）。每天只有上午8点12分一班车。10点半先到土伦遗址，大部分游客在这里下车，因为土伦比较出名吧。10点45分到达土伦市中心的ADO巴士站，停15分钟，11点再开去科巴，11点45分到达。景点门票51比索（合33港元）。

玛雅遗址科巴是800年前由嫁到此地的Tikal（位于今天的危地马拉）公主带工匠、建筑师所建，风格和另一个玛雅遗址奇琴伊察完全不同。这里曾经居住4万人，共有6 500座建筑，至今只有少数被发掘出来。

因为这处景点很分散，我选择了坐人力三轮车。上车后，证明我的选择是正确的，36℃高温，沙尘滚滚的碎石路——石灰岩打碎后铺成的玛雅古道，连接100公里外的奇琴伊察。

穿梭林间1公里后才到第一个景点——42米高的大金字塔Nohoch Mul（意即大土堆）。

这个尤卡坦半岛上最高的玛雅建筑，是现在唯一一个还准许游客攀爬的金字塔。自从吴哥窟前几年禁止攀爬之后，朋友都羡慕十多年前我在塔顶拍的照片！连奇琴伊察的金字塔近年也因为有游客失足而禁止攀爬了。所以，登上金字塔，是我来科巴的主要目的。

趁还有得爬，我一马当先，奋力往上，比爬吴哥窟和缅甸蒲甘佛塔容易得多，因为梯级很宽，0.3米以上，可以放得下脚。不消10分钟就爬上了塔顶。

塔顶有一个神龛，屋顶上滑稽的降落神（Descending God）在欢迎我。他笑呵呵地双手向下，双脚向天，像是失足跌下床的倒霉婴儿，要用双手撑地保护自己的脑袋。凭这副惶恐狼狈的卡通尊容，

科巴的大金字塔是唯一还准许游客攀爬的玛雅金字塔

科巴景点很分散，可以选坐省时省力的人力三轮车

这是十字路口的建筑Xaibe，难道玛雅人也有交通堵塞?

都可以做神？真佩服玛雅人的黑色幽默。我也喜欢上了这个样子不太正经的神，但是只在尤卡坦半岛上有他的踪影。

中美洲的原住民宗教，由最早的奥尔梅克开始，跨越多个文明，包括著名的玛雅文明，都崇拜最重要的羽蛇神Kukulcan（蛇头有翼，或以人形出现）、雨神恰克（Chac，长有獠牙或象鼻的人形）、恰克的使者恰克莫（Chacmool，坐在地上手捧献祭的人心）、美洲豹（Jaguar）、玉米神（头上有三个玉米）、阎王（骷髅）等。科巴则是比较少见的“降落神”的神祇。

站在塔顶，极目远望，天边都是无尽的热带林海，万里绿树，只有这唯一的巨石金字塔鹤立鸡群，深深体会到800年前玛雅国王站在这塔顶，君临天下，极目千里，俯瞰他的四万臣民每天的生活。我想，大约和今天住在迪拜塔顶的石油大亨的感觉一样。相信1891年发现这个失落遗址的奥地利人马勒，从原始森林间首次瞥见这突兀矗立的巨石金字塔，是多么的震撼。

上山容易下山难。要由金字塔下去，不是易事。好在政府放了一条粗麻绳，供大家拉着，身体尽量贴紧塔身，慢慢走下去。

下来后坐上三轮车，去球场。

几乎所有中美洲的文明3 000年来都崇尚球戏，用原产于美洲的橡胶做成实心球，球员用肘膝控球时，代表太阳东升和西落，但球赛的结果就是一场血祭。经由牺牲负方（有的地方是胜方）的鲜血，太阳才得以照耀万物。

科巴的球场保存完整，两边墙上有入球计分的石环，地上有一个骷髅石头，就是球员的断头台。也有玛雅的方块文字石雕，一个个如同菠萝包大小的象形文字，但风化严重，看不清楚图案。

再去1公里外的Grupo Macanoc，有不少的Tikal（位于今天危地马拉）贵族妇女的石雕。科巴的国王和Tikal的公主联姻而结成同盟。贵族妇女脚踏着一排排的战俘，这些可怜的家伙也是用来血祭的。

科巴的球场，曾经是腥风血雨的祭祀场所

降落神，准备下降啦！小心脑袋着地哦！

玛雅的方块文字石雕，和中国文字同属象形文字

手脚并用才能由金字塔顶安全降落

攀爬科巴金字塔，相比远观奇琴伊察金字塔，有更深切的体会

这些是Tikal贵族妇女的石雕，风化得颇为严重

出了景点大门后，去停车场找ADO巴士站，但没有。科巴遗址的门口是一个湖，有很多凶猛的鳄鱼，不宜久留。走过鳄鱼湖外面的大马路才找到ADO巴士站的站牌。坐下午1点半的车去土伦（每天只有两班，另一班是3点半发车）。怎知上了车，又开回了景点门口的停车场！那里虽然没有站牌，但仍拉客后才开往土伦。

科巴的人力三轮车

进了景点门口，就有很多人力三轮车。收费统一，逛三个景点95比索（合65港元），五个景点160比索（合105港元）。最有看头的是金字塔和球场，所以三个景点的套票已足够。

三轮车一般可载两至三人，除非吨位超重的人士

>> 侏儒的海滨宫殿——土伦

在科巴上了车，45分钟后到了土伦市。原来我买的车票（科巴到土伦）是到市中心的，遗址在市外，搭出租车要30比索（合20港元）。我向司机出示了下一程由土伦回坎昆的票（会经过遗址），他就让我上车，免费多坐一程去土伦遗址，ADO的司机真的很友善呢！

到达土伦遗址已经是下午2点45分了，只剩下一个小时游玩了。由巴士站走700米或坐小火车，就到售票处了，也是51比索（合33港元）入场费。

土伦意即围墙，是中美洲唯一的一个玛雅港口城市，三面围墙建筑在海边的悬崖上，另一面是悬崖，崖下巨浪拍天。这里是玛雅的贸易港口，和南部的危地马拉做生意，同时也是祭祀的中心。

1518年，西班牙探险家格里哈瓦（Grijalva）航行了大半个地球，经历了太平洋中无数个黑夜后，看到岸边矗立的灯塔在闪耀，城市中的石头房子和宫殿都涂着鲜艳的红、蓝、黄色，令他惊讶不已。他说："这个城市比塞维利亚（Seville，西班牙的大城市）更繁华啊！"这个城市也是最后一个被遗弃的玛雅城市，到西班牙人征

Meridien 酒店附设豪华SPA，游客可以轻松一下

如果不坐小火车，就要徒步走700米才能到遗址门口

土伦市中心的巴士站，巴士会在这里停留一会儿

服墨西哥75年后才被废弃。

碧绿的珊瑚礁、洁白的沙滩和古朴的石块围墙对比强烈。

这里最大的是“首字母神殿”，有两层楼高，屹立在崖顶，神殿中发现了一个“首字母”的石碑，记录了著名的玛雅日历，以及2012年世界末日预言的秘密。可惜看不到了，因为现存于英国伦敦的大英博物馆。

土伦的另一个特色是“矮小”，相比其他的玛雅城市，土伦的房屋都特别矮小，房门不到一米高，半米宽，更像是地上的窗户，正常人几乎要在地上爬行才能进入房屋。所以历史学家认为，土伦就是传说中的侏儒城。侏儒在玛雅文化中是备受崇拜的雨神恰克的儿

坎昆对美国人来讲，是阳光沙滩的度假天堂。玛雅遗址对他们反而不重要

海边的首字母神殿，傲视翠绿的海洋

不能走进去，只能爬进去的侏儒矮门

土伦的城门，“高大”如此，令人忍俊不禁

烤春鸡是拉丁美洲价廉物美的必尝美食

子，能唤来雨水使玉米成长，至今墨西哥人都会在玉米田中故意留下一些成熟的玉米供侏儒食用。

门廊上还雕有有趣的“降落神”，不过他好像快跌倒在地上了，因为那门实际更像是一个狗洞，太矮了！

土伦相比科巴，游客多很多。景点外面的游客中心还有很多商店，但同坎昆一样，礼品超贵，一个小小的黑曜石雕要30美元（后来在墨西哥城的特奥蒂瓦坎，只需6港元就买到了）。所以一定要忍住，我只在赛百味（Subway）买了一个Footlong当午餐，50比索（合33港元）。

坐两个半小时车回到坎昆，去ADO巴士站对面的网吧上Facebook，再回E-mail，速度都飞快，并打印古巴的机票和住宿电邮，半小时共10比索（合6.6港元），打印一张4比索（合2.5港元）。

逛一下坎昆的市中心土伦大街（Av Tulum），街两边都在卖本地特色的衫裤鞋袜。我买了一顶牛仔草帽，120比索（合80港元），不是最便宜的，但硬实又有绣花。其他礼品都很贵，因为被众多的美国游客惯坏了。所以，要忍住，到最后一站墨西哥城才能血拼。

大街上飘来烤鸡的香味，一只60比索（合40港元），想起上次在秘鲁的好味道，我至今难忘，于是买了一只。坐R1很快回到Meridian酒店，坐在客厅看美国电视剧，烤鸡十分香嫩，比干巴巴的墨西哥卷饼好吃多了，慢慢吃了两个小时才睡。

04

CUBA

不留下一片云彩：古巴

>> 狂风巨浪

早晨被加勒比海的强风吹醒了。一推开震动着的落地阳台窗，像八号台风一样，吹得池边的棕榈树摇个不停，泳池里的水也吹得一地都是。海边浪高风急，浪比人还高。我站在沙滩拍照，一个凶猛的巨浪打来，走不及，居然打得我的后背全湿透了！Meridian酒店的商务中心可以免费上网，早餐后就上网写Facebook、博客。出去后，搭出租车去机场，25美元。

>> 古巴签证卡

到达坎昆的机场，找古巴航空的柜位，果然名不虚传——再现20世纪80年代的罗湖海关！堆积如山的行李中，有韩国电视机、怀旧的大型音响、中国电风扇、棉被等，每人最少三五个大包，一个肥胖的古巴女士甚至有十大包行李！

看着这么有趣古怪的复古场景，我就放心了。坚信我前方的古巴，绝不会是另一个墨西哥。

网上传闻已久，中国内地护照进入古巴免签，同为社会主义兄弟嘛！去过古巴的网友告诉我，香港回归后可以用香港特区护照假装中国内地护照，省回签证费。于是我对古巴航空的职员称，我持中国内地护照，但职员坚持不给登机证，他说即使中国护照也要签证！全世界只有俄罗斯免签！这和坎昆旅行社老板娘特蕾莎的说法一致。回香港后上网再查过，持中国内地护照进入古巴是要签证的。

古巴也有春运吗？一人大战十包行李，才叫衣锦荣归！

位于坎昆机场的古巴航空售票处，兼售古巴的落地签证！

只好去对面的古巴航空售票处求证，小姐也是说全世界只有俄罗斯免签！于是我马上递上16美元（旅行社要收25美元，在香港办签证更要250港元及一个星期时间），小姐拿了我的护照，立即填了一张游客签证卡（Tourist Visa Card）。这张就是梦寐以求的古巴签证啦！

古巴游客签证卡

大部分国家的签证都是在护照上盖印章或贴一张纸，为什么古巴的是一张独立的卡纸呢？

我的古巴落地签证，国籍写了中国，仍需要签证！

这和美国1959年开始制裁古巴有关，所以美国公民不得进入古巴，奥巴马上台后放松了政策，美国人可以回古巴探亲，但不能在古巴消费。如果发现你的护照上有在古巴的出入境资料，入美国境内可就麻烦了，翻箱倒箧，验尸一样。这和入过以色列境后，阿拉伯国家不欢迎你是一个道理。于是古巴海关想出了这个了无痕迹的

“游客签证卡”的方法，出境时收回此卡，不在游客的护照上留下一片云彩。自然，游客可以从此放心去古巴，顺利回美国。

>> 因哥伦布之名

古巴，一个遥远而陌生的国家。除了格瓦拉、古巴雪茄，这个西半球唯一的社会主义国家、拉丁美洲唯一的白人国家，到底是怎么来的？我的好奇心迫使我在出发前做了不少功课。

哥伦布到死的那天都坚信自己发现的新大陆是印度

哥伦布1492年的航海图

古巴，因哥伦布之名而改变了命运。哥伦布的船舰于1492年8月3日从西班牙出发，向西横渡太平洋，终于同年10月12日在古巴的希瓦拉（Gibara）登陆。他惊呼这个被碧绿的海洋包围着的加勒比海上的最大海岛：“这是凡人的眼睛可以看到的最美的地方。”

后来这一天被定为哥伦布日，哥伦布认为自己已经绕行地球一周，到达他的目的地——亚洲的印度了，所以称当地土人是印度人（Indian）。

六年后（1498年），西班牙人的劲敌葡萄牙人达伽马向东经好望角到达真正的印度果亚，将大量香料运回里斯本。1499年，意大利人亚美利哥（Americo）由西班牙沿哥伦布的航线，经太平洋到达南

美洲北部的圭亚那（Guyana），在这片当时被唤作印度的地方，既没有遇到葡萄牙人，也没有发现印度香料，土人的文化更不像印度文化。他认为这里应该不是亚洲，是东、西方以外的另一块新大陆，就用他自己的名字Americo称呼这里——美洲。

古巴500年前是整个美洲的窗口，西班牙的船队、传教士、移民接踵而至。哥伦布说："这里的土人很善良，只会对我们笑。他们很老实，不偷窃，杀伤力很低。"哥伦布登陆第二年（1493年），罗马教皇下令将哥伦布发现的新土地归属为西班牙领地，并下令将土人教化为天主教徒。

这不是在欧洲，而是唯一一个加勒比海上的白人国家

>> 拉丁美洲唯一的白人国家

古巴是新世界的起点，1512年新总督委拉斯贵支（Velazquez）在古巴岛的东面建立了美洲第一个殖民城镇巴拉科阿（Baracoa），在西边建立了首都哈瓦那，并用西班牙运来的方形石子铺路。古巴约一万原住民被西班牙人变成奴隶，在100年内，全数土著被折磨迫害致死。于是，古巴成了拉丁美洲唯一的白人国家，不同于其他拉丁美洲国家都是以混血儿为主。土著灭绝后，西班牙由西非运来黑奴做苦力，所以至今古巴只有白种人和黑人，没有印第安人。

西班牙人发现古巴没有传说中的黄金，于是继续向中美洲推进，终于在1519年从墨西哥湾登陆，发现雄霸中美洲的古老帝国——阿兹特克，并于六年后绞死其国王。1532年西班牙人向南美洲挺进，发现南美洲最大的帝国——印加王国，俘虏其国王并放火烧毁其首都库斯科。这两个美洲最重要、最先进的文明古国被灭亡后，抢劫的金银珠宝全部运到古巴，再运回西班牙。

加勒比海盗来了！西班牙全国五分之一的收入，来源于美洲的抢劫。眼红的英国人和荷兰人开始在加勒比海上抢夺西班牙的宝船。1521年，满载阿兹特克王国金银的西班牙船在古巴外海被海盗劫走。1537年，海盗更一举攻入哈瓦那，大肆抢劫。哈哈，真的是“黑吃黑”！于是西班牙人大举修建哈瓦那的堡垒抵抗海盗。1762年，英国政府军攻占哈瓦那，开放贸易，自由贸易令古巴更繁荣。一年后，英国用古巴向西班牙“交换”佛罗里达州，正式退出中美洲，转为经营北美。

>> 最反美的古巴，为何最多美国古董车？

古巴和美国的百年恩仇，由1898年美国向西班牙宣战，占领古巴成为美国实质殖民地（表面仍是独立国家）开始。

不少古董车已经成为“黑出租车”及“小巴”，放上一个“Taxi”牌在车内，就随上随下乘客

内里是苏联的冷静，外表是
美国的热情，这就是古巴

两国开始半个世纪的蜜月期，美国扶植大独裁者帕尔马（Palma）做古巴总统，古巴被毒贩、皮条客、赌场主、暴发户、大资本家控制。哈瓦那成为加勒比海另一个无法无天的纽约，贫富悬殊。哈瓦那路有冻死骨，但满街上跑的都是美国进口的雪佛兰（Chevrolet）、凯迪拉克（Cadillac）、福特（Ford）等豪华车。

今天，60年前的古董车早已退役，进入了各国的汽车博物馆。但全世界为数最多的古董美国车，今天仍然成群结队在哈瓦那的大街小巷呼啸而过。虽然引擎可能已经是苏制的拉达（Lada），车头仍然保留了雪佛兰（Chevrolet）高贵的天鹅头！这成为西半球唯一高举反美旗帜的古巴最独特的一道风景线。

1959年，古巴是西半球拥有私家车、电话、电视比例及识字率最高的国家，婴儿死亡率最低，只有0.32%。但山姆大叔后院的这位富裕的小情人，开始静静闹起革命了。

美古之间的第三者是两个传奇式的男人。一位是后来统治了古巴半个世纪的卡斯特罗（现任古共中央第一书记劳尔是他弟弟）；一位是他的同志、很多人的偶像、反主流文化的普世象征、来自阿根廷的医生——切·格瓦拉（Che Guevara）。

>> 英雄的国家

这位阿根廷医生，大学时用电单车环游南美洲，深感人民的贫穷与苦难来自严重的贫富不均。他偶然阅读到西班牙文的《毛泽东选集》，大受启发，决定要解放拉丁美洲。1955年，他在墨西哥城遇到卡斯特罗，一见如故，两人以“建立古巴人的古巴”为口号，揭竿起义，采用游击战术，由农村包围城市，历时五年，将世界最强大的美帝国主义打败，赶出了古巴，建立了西半球第一个社会主义国家。

他做了古巴政府高级领导人，后又被任命为国家银行行长，他主张废除货币，将企业收归国有，建立绝对平均的社会主义。但是，情人一分手，次年美国便下令向古巴禁运，这刚刚独立的小岛，物资缺乏，只有向遥远的老大哥——苏联讨生计了。

格瓦拉不算是古巴的民族英雄，因为他是阿根廷人

标语的意思是“工、农、兵翻身靠革命”！哦，懂了，原来不是靠美钞、不是靠经济啊！

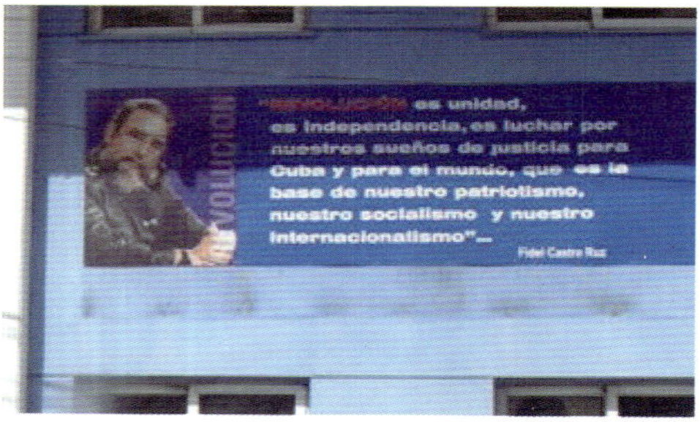

中国有《毛主席语录》，古巴也有卡斯特罗语录。卡斯特罗是著名的演讲家，1960年曾在联合国发表长达四个半小时的演讲，破了世界纪录

古巴的左右“门神”——左边供奉格瓦拉，右边供奉卡斯特罗

古巴禁止商品做广告，认为那是垂死的资本主义的产物，只有身后的“Estudio（学习）、Trabajo（劳动）、Fusil（枪杆子）”这类革命标语代表着伟大的社会主义。

画像中的格瓦拉，拥有世界上最大的崇拜者俱乐部。即使在他去世多年后的今天，还为每次反对运动尽职尽责，世界上没有哪个集会上没有印有格瓦拉头像的T恤，没有哪次游行示威上没有格瓦拉的旗帜。格瓦拉身上浓重的宗教色彩使其成为各种理想主义的代表。

>> 中头奖，去古巴

拿到了签证，我登上了古巴航空公司的飞机，前往哈瓦那。果然飞机上是清一色的白人工作人员！因为古巴人口中57%是纯种的西班牙人后裔，33%是黑人后裔，相比旁边的海地有98%的黑人，怪不得古巴被称为加勒比海唯一的白人国家。

飞机上的花生果仁是加拿大进口的，饮料是古巴的土可乐（Tu Kola）。太久没有这么兴奋地研究一个国家了！我的旅游乐趣快被全球一体化侵蚀净了。

飞机上的空少果然全是白人！

在机场的重要事宜，就是排队换外汇券CUC

一下飞机，就在机门撞了头奖！因为古巴航空用的是苏制飞机，门框只有一米高！

海关的设计更是很熟悉，和莫斯科的海关一样，关员坐在一间间的木板房里，游客进来后，锁门，单独一对一，没有在护照上盖章，只在旅行卡上盖了章。开门，出来，又要过X光机！这倒是新发明，第一次去一个国家入境时（不是上飞机）要照X光机，工作人员很认真地检查身上有没有金属带进古巴！

墙上是用西班牙文写的标语：保卫社会主义！同志们，加油啊，辛苦了！

出了机场后，我第一眼见到的古巴

到了行李大堂，光线很暗，和10年前的莫斯科机场一样。行李传送带上都是棉被、电器、日用品等古巴侨民带回家的东西。

再填健康申报表，要填很详细的民宿或酒店地址。所以一定要在出发前预订好住宿。

出机场时，以为到了欧洲！大堂接机的人清一色是金发碧眼的白人，和墨西哥等中美洲国家以棕色人种为主截然不同。

在机场的兑换店换CUC（发音kuk），即外汇券，一欧元换1.209 CUC。

找出租车去市区，我蹩脚的西班牙语应付讲价还凑合，由25CUC讲成20CUC（约合200港元）。

出了机场，街上很多起亚（KIA）牌韩国车和中国产巴士，没有日本车或美国车。市容也不是很落后，应该是1985年的广州旧白云机场出来的感觉吧。

20分钟就到了Vedado新区，这是哈瓦那的富人区，全部是独立的别墅，像香港的九龙塘，感觉一下子富贵了。

用美元，要罚款？

美元在全球通行无阻，但在古巴就受阻了。

因为游客用美元兑换CUC，要征收10%的罚款。大家都明白，古巴和美国一向对着干，但我们不会和自己的荷包对着干。简单的做法是，带欧元去古巴，不要带美元。信用卡？更没用。

>> 闯进大使豪宅

出租车在Vedado区21街一家大宅前停下。拾级而上，是一个四米高的石拱门，门口有四根高大粗壮的罗马石柱，屋顶高挑，几乎是香港两层楼的高度。夕阳西下，昏暗的麻石拱门仍然一眼就看得出这家人非富即贵。

高大的厚厚的木门打开了，一位金发白人贵妇站在下面，显得特别矮小。“Hola，Akio！”果然她就是屋主玛格丽特。她笑嘻嘻地走过来，热情地拥抱我。

玛格丽特的英语实在不太灵光，一半是西班牙语，另一半是西班牙口音的英语。走过她的客厅，就走进了欧洲的旧古玩店。三米多高的麻石拱门下，黑白云石方块地板、深红天鹅绒布的老沙发、

罗马石柱、麻石拱门、独立门号，一看就是富贵人家的格局

我总是担心粗手粗脚的我，会撞到小几上的观音白瓷雕像。好在三天都没事发生

墙上挂着的巨大油画、昏昏欲睡的古董吊灯，我像是在做梦。一场1920年的夜上海之梦。

满室的宫廷家具上，放满精致的瓷器，其中有一尊来自中国的观音白瓷雕像。捷克制的水晶花瓶中，插着大朵大朵鲜红的塑料花，配上桌面的花边台布，提醒我这里和遥远的前苏联亲如兄弟。

茶几上，银相架里有一张玛格丽特年轻时的黑白相片，高贵而漂亮，像是英女王伊丽莎白二世年轻的时候。

她沏了茶，向我娓娓叙说这个大宅的故事。

大宅是1925年美国统治时代修建的，她的爷爷是一个著名的医生，她的父亲更是古巴驻南斯拉夫大使，所以她家“曾经”（她很强调这一点）十分富裕。现在这所大宅只有她和她儿子居住，将其中两间客房租给游客帮补家用。在香港，有哪个领事肯将其山顶大宅拿出来给我住上两晚呢？

>> 时钟，戛然停止在1925年

一晚上吃掉三个国家——在古巴吃法国餐厅的意大利餐，也是情非得已。

肚子饿得咕咕响了，玛格丽特早已吃完了晚餐，她介绍了一间著名法国餐厅给我，在六个街口之外。

走出她家，好像跌进了时光隧道。沿途都是片场一样20世纪的古老豪宅，外墙上都是洛可可式的花饰，家家门口都有罗马柱廊，停泊着20世纪20年代的雪佛兰古董车。街灯昏暗，斑驳陆离。

找到Union Francesa，也是1925年开业的，云石楼梯旁挂满了发黄的名人食客相片，包括哈里森·福特（Harrison Ford）也来过呢。咦，他不是美国人吗？怎么不跟国策，私下跑到敌方阵营来宣传意大利面了？

Union Francesa是哈瓦那著名的老牌餐厅

福特扮演印第安纳·琼斯，到古巴探险夺宝来了

烟肉比萨香喷喷，港币30元

上了二楼的阳台坐下，美女侍应很聪明地拿了一个菜单，是“游客菜单”，全部用CUC标价。点了烟肉比萨，3CUC（合30港元）、龙虾意大利面，4.7CUC（合47港元）、古巴啤酒1.5CUC（合12港元），对游客来讲，不算贵。但对古巴居民来讲，就是五星级价格了。

侍应都是年轻漂亮的白人女孩，高鼻大眼白皮肤，令我不期然想起那位野性的西班牙女明星佩内洛普·克鲁兹（Penelope Cruz）。

“Mucho mucho mucho”，四人乐队唱出西班牙名曲，温婉动人。唱完走过来让我点歌，我点了BVSC乐队中古巴歌手Ibrahim Ferrer的Chanchan，熟悉的音乐一起，想起2001年这位老歌手曾来香港文化中心献唱，作为小乐迷的我当晚听得十分兴奋。现在Ferrer已经过世，今晚居然在哈瓦那现场听到我十年前最爱的古巴音乐，我是在做梦吗？

05

CUBA

古巴，加勒比海的孤儿

>> 没有牛油的日子

在古巴的第一个早晨，我被后花园的小鸟叫醒了。玛格丽特和另一位女士在厨房里忙碌，原来，她叫了朋友玛丽（Marie）来为我准备早餐。

我就坐在饭厅，看她一边墙上挂满了古董瓷碟、金边的玻璃镜子，另一边发黄的台布上摆满捷克水晶杯和发黑的银器餐具，想象着这里如烟的往事。

玛格丽特用银盘逐样上菜，欧陆式早餐，有新鲜的番石榴果汁、生果拼盘（木瓜、菠萝、香蕉、番石榴）、煎蛋、吐司面包及咖啡，连放砂糖的小碟子也是纯银做的球形。

时钟停摆的民宿，玛格丽特家中都是20世纪20年代留下的精致生活

玛格丽特的后花园，种着很多果树

我的丰盛早餐，生果拼盘只是开始

放砂糖的纯银小碟子

玛格丽特笑眯眯地坐下来看着我开始擦吐司面包，像妈妈一样。然后，她若有所思地指着我手上的牛油，悠悠地说："孩子，你知道吗？玛格丽特曾经整整一年都没有牛油吃！"

1989年是玛格丽特难忘的一年。一天出门，邻居告诉她巴士停了，因为苏联老大哥断了石油供应；她步行一个小时到了市场，但没有了东德奶粉；然后她弟弟工作的古巴国营肥皂厂停工了，因为苏联牛油船不来了；附近的古巴国营啤酒厂也停产了，因为捷克不再提供啤酒花。不止停电和饥荒，连日常生活用品如厕纸、衣服布料也短缺。再没有社会主义兄弟进口古巴的蔗糖了，美国的禁运在30年后终于显示威力了。1990年，卡斯特罗宣布进入“和平时期的特殊阶段”，因为古巴正式成为“加勒比海的孤儿”。

形势逼人自强。卡斯特罗再次学习中国，由计划经济改为搞自由市场经济，改革开放，打开门户，和美国以外的西方资本主义国家（例如加拿大和英国）做生意。1993年中央计划局取消，成立外资局，吸引外资，到2003年，有800家外资企业成立。由1990年100%的国营经济，古巴在20年内私营经济占到20%。1991年允许个体户经营，到1993年已有21万名个体户。国家大力开发旅游业，1997年开始允许个体户经营民宿Casa（西班牙语“家”的意思）。玛格丽特的好姐妹安娜是第一批经营民宿的个体户，安娜生意太好了，于是鼓动她也去申请做民宿。不然，澳大利亚牛油也买不起呢！因为进口货是要用CUC外汇券买的。

她是玛格丽特的好姐妹玛丽

玛格丽特的父亲是古巴驻南斯拉夫大使，但也曾吃不起牛油

听完牛油的故事，我也吃完饭了，她就去点了一支烟，坐在偌大的花园里，烟雾袅袅中，欣赏园中挂满枝头的橙子、香蕉、番石榴、玫瑰花，慵懒的古巴一天开始了。

>> 古巴旅游大使：安娜

吃完早餐，我走了十分钟，去鼎鼎大名的安娜之家（Ana’s Casa）。这就是1997年第一批的古巴个体户，“安娜之家”一直是各大欧美网站最具人气的民宿，长期爆满，有什么秘诀呢？我虽然无法订到这家人气民宿，但也决定到访了解一下。

到了一栋陈旧的五层高公寓大厦，这里就是？我一脸怀疑，安娜已经打开地下一楼的门，原来，安娜之家就蜗居在一楼的一个公寓单元里！

市中心的Vedado属于哈瓦那的新区

这些挪威大学生都不在安娜之家住宿，但都愿意聚集在这里聊天、研究行程

安娜之家的里面，朴实无华

“我知道，你一定有很多疑问！”爽朗的安娜一手拉了我进来。整个房子不超过100平方米，客厅又长又窄，坐了三个老外住客，旁边两间小小的客房，已打开在做清洁。

安娜忙着招呼众人后，又去倒咖啡给我。她开始讲自己的起家：“我不同于玛格丽特的大户出身，我只是一个小小的秘书。这里地方小，因为是我单位分配的房子。1997年，听闻政府准备让个人经营民宿，我是第一个跑去申请的。政府过了两天就派人来查住宅，批准了，每天租金5 CUC（现在是30 CUC），每月交税50CUC（现在是300CUC）。我记得第一个游客是我朋友介绍的，是一位墨西哥女士带了儿子来住。”

正说着，有人按铃。原来有一帮挪威大学生来这里聚会，纯粹吹牛聊天，像是青年旅舍的感觉。

我问安娜：“14年过去了，哈瓦那现在有5 000家民宿了，竞争很激烈，但你仍然长居最受欢迎民宿第一名，有什么秘诀吗？”

安娜笑了：“哈哈！我这里是市中心的Vedado区，治安好。秘诀是我用心做。我喜欢外国游客。我没机会出国，以前没做民宿时，我也会去公园主动和游客聊天。我现在只嫌时间不够，没时间和我的每个住客聊天。我从不计较时间，每天花很多时间教游客怎么玩，

除了民宿，经营“黑出租车”也是古巴市民的生财之道。但这种古董开了一半经常熄火，要有心理准备，随时要下车帮忙推车

怎么认识我的祖国。我也不知道为什么外国网站会排我做第一名。我感到很自豪，更不想令慕名而来的游客失望。每个游客都是好人。我真的很幸运，每天都遇到好人，今天上帝就派了你这个天使来了我家，哈哈，我很开心！来，来，喝咖啡！”

我提醒她：“我本来是订你这里的，但一个月前就爆满了，是你介绍我去玛格丽特家的！”

安娜抢着说：“她的运气真好咧！我一早就叫她申请，好多家庭还想申请牌照，政府认为5 000家民宿已经足够，今年已经停发了。外国游客都不喜欢冷冰冰的国营饭店，有钱没钱的游客来古巴都爱住特色的民宿，因为可以体会古巴人的生活和家庭气氛嘛！政策规定是每家人只能有两间出租的客房，我这里，嘿嘿……不怕告诉你，全年都爆满！有人一年前就来订房了。但别怕，我会介绍给小区的朋友。我们都认识超过40年，小孩又一起读书，如同一家人。我们一定要互相帮助，因为民宿主人是不能去机场拉客人的！”

我换了一个轻松一点的话题："安娜，告诉我，你的一天是怎么过的呢？"

安娜想也不想就回答说："我是一个电邮人！每天9点到晚上1点都在网上回答电邮，例如英国人问：'由哈瓦那去圣地亚哥要多久？多少钱？怎么去？那儿有什么景点？'有位加拿大人在网上和我通了两年电邮才来古巴，我们初次见面，已如同家人，因为我们太熟了！Akio，我也和你通了一个月电邮呢！"

我想到了："容我打断，这就是你的成功之道啊！安娜，你知道吗，我来古巴前，和很多家民宿、国营饭店、民宿中介所联络过住宿，大部分都石沉大海！你是唯一一个24小时内回电邮的人，而且每次都回复得十分详尽和友善呢！"

安娜笑了："哈哈，我就是因为什么电邮都亲自回，由早到晚，没时间照顾自己的客人。八个月前我还叫老公去学英文，他以前只照顾西班牙语客人，现在全部客人都是他在管。"

安娜借了她的计算机给我上网。因为除了玛格丽特之家，我之前订的另一间豪宅民宿还没有回音，今晚需要搬过去，我很着急。

我和友善好客的安娜告辞了

我对古巴名人、"旅游大使"安娜做了一个详细的访谈

上网速度很慢，怎知上到那个民宿中介网站，整个网站都掉线了，连电话号码也没有！

安娜在旁边见我正苦恼，马上发挥她的“家人”网络，打了一通电话后，五分钟就找到附近的特色豪宅黛安之家（Casa de Margarita Diaz），符合我的要求。服务周到，分毫不收，她简直是古巴的旅游局！

“黛安之家”气派的饭厅。至于后面的厨房，比很多香港人家的客厅还大呢

时光倒流七十年，
画中美人走出来

我送给安娜两张春联，因为我知道古巴人都很喜欢中国风水，安娜家客厅里就放了一张面向大街的八卦镜。她马上就挂起来了！

向安娜道谢后，我走去看一下“黛安之家”。

真的吗？我是住这里吗？十足的山顶豪宅。在繁花似锦的花园后面，是两层高的麻石古董大宅。

有一位很壮硕的男人来应门，他知道我的来意，带我参观了一圈——水晶挂灯、云石雕塑、陶瓷古董、宫廷家具，保养极好，还点了香芬。

女主人是年轻漂亮的黛安，但一句英语也不会讲。客厅挂的两幅巨大的油画，怎么和她那么像？我用很烂的西班牙语问她，终于明白，这两张都是她的自画像！

她壮硕的男友带我去看睡房，有三百多英尺，打开阳台门，还有玫瑰花盛放，能俯瞰前面的花园。

二话不说，我马上订了，难以置信地便宜，才30 CUC（合300港元）！但只有今晚有房。

我回到玛格丽特家，告诉她我今晚要去另一家民宿体验。她叫我把行李留在我的房间，不另收费。

我心情好极了！昨晚的民宿已够夸张的了，今晚的“黛安之家”简直是五星级豪华！相比欧洲、日本的民宿，古巴的民宿，由于特殊国情，真的是独步天下！平民价格，终极奢华。

>> 人类发展指数：快乐靠雪糕

联合国发布的“人类发展指数”有三个指标：国民的健康长寿指标、国民的教育程度，以及生活水平（实际人均GDP），以此来共同衡量一个国家的发展水平及生命水平。古巴多年来都名列前茅，在182个国家中，2010年排第51名，相比第53名的墨西哥、第91名的中国，更为靠前！

20世纪60年代，在苏联援助和经济互助委员会（苏联版的欧盟，由东欧社会主义国家组成）的贸易保护下，卡斯特罗进行土地改革、农村合作化、工业国家化等经济项目，特别是全民保健和全民教育，是古巴最引以为傲的成就，比邻近的中美洲国家更为先进。

卡斯特罗提高国民快乐指数的另一项建设，就是著名的Coppelia。这个雪糕公园已关闭，附近的车站以此命名！1994年，古巴更拍摄了电影《草莓朱古力》（*Fresa Y Chocolate*），就是描述在Coppelia发生的爱情故事，获得多个奖项。

古巴位于热带，终年如夏，男女老幼都是雪糕迷。1966年，古

哈瓦那的街景——古董车呼啸而过

巴政府为了让人民吃上终极享受的“社会主义雪糕”，在首都修建了这个每天可以容纳三万市民的雪糕公园，绝对破了世界纪录。为了超越美帝国主义，政府下令研制出24种不同秘方的美味雪糕，以补贴价格方式售卖。开业以来，这里成了首都人民家庭日首选的去处。“去Coppelia吧！”就像我们去海洋公园一样，是古巴一家人星期天的一件大事情呢！

>> 雪糕工厂Coppelia：冒险之旅！

但是，这种福利只属于古巴国民专有。外国游客来到Coppelia，绝对是一项冒险活动！因为你会被保安礼貌地“请”到公园外的雪糕亭，用CUC外汇券买进口的雀巢雪糕！多扫兴！几年前一位香港的周刊记者大摇大摆要求进入公园采访不成，结果大骂古巴专骗游客的钱。

冒险，需要有一点入乡随俗的智慧。去古巴前，我已苦心研究，如何进入这个神秘的雪糕公园探险？

这就是10元的土比索，合4港元

电影《查理和巧克力工厂》（*Charlie and the Chocolate Factory*）中，参观传说中的朱古力工厂，需要一张特别的入场券——“金票”。其实，进入现实的雪糕公园也一样，金票就是——土比索！

>> 一国两币：如何做个古巴人？

土比索（Peso）被古巴华人称为“菜钱”，很形象，因为平时主要用来买菜。买肉要肉票，买酒要酒票。1994年，政府开始发售CUC外汇券，方便人民购置进口货和游客使用。在超市买进口牛油、奶粉等要用CUC外汇券。所以游客通常是不能兑换这种土比索的，银行只兑换CUC给游客。

但是在公园内要买古巴雪糕，只收土比索。换言之，即使蒙混过关，进了公园，如果手上只有CUC，是买不了雪糕的。

从安娜家出来，我就在街上认识了两个来自福州的打工华人。得到他们指路，第一步先要去住宅区的Cadeca（钱庄），因为管得不严，如果那天政策不紧张的话，有机会换土比索给游客。

我就去安娜之家附近的自由市场的Cadeca，果然那个职员没生意，和我闲聊了两句，我就用20欧元换了500土比索，是CUC外汇券的25倍！我兴奋地拿了一大沓钞票走到旁边的自由菜市场，这也是古巴经济改革下的新鲜事物，市民可以在这里买到国营商店平时不易见到的蔬菜和肉类，而且价格很便宜，一公斤的木瓜或菠萝都是3土比索（合1.2港元）。

换到了土比索，我走去主要大街23街，街头在Vedado，走到街尾就是Coppelia雪糕公园了。

经过一家饼店，很精美的各式蛋糕全部标价0.2，我还在想到底是CUC还是土比索？结果看当地人都拿出CUC付款！原来，蛋糕材料都是进口的！其实0.2 CUC也才1.6港元，买了三块，一口气就吞了，虽然有点过甜。

只有在Cadeca才能换到当地人专用的土比索，在机场只能换到外汇券

位于热带的古巴，农产品丰富，价格也真的便宜。但古巴人对于游客进入自由市场似乎很介意

光在23街上闲逛，看古董车开过来、看殖民建筑也是一乐

本地啤酒要1 CUC，原来啤酒花是进口的。所以大家不用生气，CUC外汇券并不是发明出来骗游客钱的，古巴人自己日常也用CUC。因为古巴土比索不是硬通货，至今不能在国际上自由兑换，物资贫乏的古巴很多东西要靠进口，就只好赚可以兑换的CUC买卖进口货了。

23街上有不少本地人开的餐厅，使用土比索。10—13土比索（合4港元）一个六英寸的比萨，或者一碟意大利面，即叫即做，比我昨晚的游客餐厅便宜了整整六倍！我叫了一客比萨，很管饱，虽然味道普通，但最好还是坐下来，看着隆隆而过的古董美国大轿车一辆接一辆，简直是电影《博物馆奇妙夜》（*Night at the Museum*）的真实版！

经过国家大道（Ave de Los Presidentes），有宏伟的林荫大道、欧式建筑，满街都是白人，更像是欧洲城市，而到处都可见的格瓦拉画像提醒你身处社会主义的古巴。

走到23街的街尾（下一段街改名叫Ramba），果然见到有巴士车站叫Coppelia，到了！

>> 进入巨型飞碟：雪糕工厂Coppelia

“巧克力工厂”一样的奇特建筑，巨型的飞碟降落在公园中间。飞碟有五个入口，代表五个区，各自售卖不同味道的雪糕，门口各有一条长龙。我审视了一番，发现正门口的那条人龙的保安最多，在驱赶非本国人的游客。逛了一个圈，我选了侧门一条没有保安的人龙。

《查理和巧克力工厂》中旺卡（Wonka）和他旗下的小矮人军

虽然是怀旧的塑料碗，但不影响Gelato的味道

每天有三万人整齐地坐在飞碟里，默默地埋首于消灭终极享受——“社会主义雪糕”

队，是否就在飞碟里面，一边跳整齐的舞蹈，一边生产雪糕？和古巴阿婆一起排队时，我脑子里满是这部电影。

实在太超现实的画面——44年前，哈瓦那市中心降落了一个巨型飞碟，年中无休，每天三万人走进去，齐齐地坐在那里埋头吃雪糕。

收起单反相机和地图，我混在古巴当地人的人龙中，假装若无其事地等了20分钟。

终于有一位工作人员大姐出来引路，带我们进到一个区，是飞碟外的亭子。众人跟着他，挨个到一张张刚刚清洁好的桌子前排排坐。严格规定四个人一张桌子，不多也不少。

我和一起排队的老婆婆坐在一起，侍应很神速地站在我们后面，老婆婆一来就叫了四杯！我只叫了一杯杏仁雪糕。来了，好大杯！一杯有四个拳头大的雪糕球，加上一个蛋饼。

杏仁雪糕又香又滑，奶味十足，杏仁更真材实料，香味扑鼻，绝非人造香料，像香港昂贵的新鲜的Gelato！顶级的杏仁雪糕多少钱？一杯才5土比索（合2港元），即0.5港元一个球！约为香港Gelato1%的价钱！卡斯特罗以国民快乐为归依，40年都不曾加价！但是外面的游客雪糕，只有进口包装的澳大利亚雀巢雪糕，售价是4 CUC（合40港元），贵了20倍！

卡斯特罗建立这个Coppelia雪糕公园，成功地提高了国民的快乐指数

婆婆一人怎么吃四杯？她打开手袋，原来有一个大的塑料饭盒，她笑呵呵地说，儿子、孙女和她老伴都在家里等她的外卖Coppelia！今晚可以一边看电视，一边全家吃充满爱心的雪糕，人生何求！

旁边另一位胖女士一人勇战四杯十六球，绝对以行动和身材支持政府的雪糕优惠政策！怪不得全年人龙长排，由早到晚不断。有农民专门坐车来哈瓦那，就是为了这杯有情有义的雪糕！

吃完后，我冒着被驱逐的危险，走出自己坐的亭子，去了旁边的飞碟里面拍照，居然也没有人阻止。整个一楼的边上是圆环形的吧台，前面放了一长排的高吧凳，排排坐有六七十个人埋头默默地吃一杯杯的雪糕。洁白圆滑的塑料天花板、塑料柜台，简直重现了《查理和巧克力工厂》中工厂生产线上的朱古力工人。走上二楼，也是同样的布局，但在楼梯入口处摆放着两位古巴革命之父的相片。

>> 日落美帝海滨大道Macecon

吃饱了，大摇大摆地走出公园。公园对面有CD铺，果然有古巴国宝级的BVSC乐队，全集五碟15 CUC（合150港元），我想也不想就买下了，因为在香港，这个价格只能买到一张碟。又买了数张格瓦拉的明信片，0.5CUC（合5港元）。

顺着Ramba大街，走去海边。街边有个小露天集市，买了两个抽雪茄的陶瓷公仔，3CUC（合30港元）。走到了大街尾，就是大海了。

绵延7公里长的宽阔海滨大道叫Macecon，这是哈瓦那最漂亮的大街，如同上海外滩，一边是浪涛拍岸，另一边是大量的欧式古典建筑，例如雄伟的国家大饭店（National Hotel），但更多的是残旧黄花般的殖民建筑。

Macecon海滨大道闻名的浪漫情怀，曾被好莱坞拍作音乐电影《情迷哈瓦那》（*Dirty Dancing: Havana Nights*）

在防洪堤上闲坐着，看情人低语，看浪拍堤岸，看日落加勒比海——世界上最蓝、最暖的海

美帝国主义者修建的防洪堤，成为古巴恋人的约会圣地

露天市集有卖雪茄、纪念品的小贩，证明自由贸易落地开花了

来自加勒比海的海浪比人还高。1902年，美国兴建了这条有高高防洪堤的大道，夕阳西下，照耀着这颗加勒比海的明珠，一对对恋人就到这里看海谈情。

海滨大道向东蜿蜒七公里到哈瓦那中区和老城Vieja，人老珠黄的建筑外墙斑驳陆离，海风侵蚀，岁月打磨，也难掩其巴洛克式的精雕细琢，好像一位年华老去的美人，风尘下面，还是风韵万千。

>> 融化我的古巴美女

古巴人的血液中，都有能歌善舞的基因。拉丁民族的热血、非洲黑人的节奏，位于大西洋两岸的两个大陆音乐、舞蹈，在这个小岛上结晶成为混血的Danzón和Bolero，土生舞蹈的曼波（Mambo）、萨尔萨（Salsa）和恰恰（Cha Cha）。500年前，西班牙的殖民者，来自西非的奴隶，结合旁边的牙买加音乐，创造出闻名拉丁世界的古巴爵士乐（Jazz）和古巴Salsa。至今，还有很多欧美学生专门来古巴学习Salsa舞蹈！

在海滨大道上看完了最美的日落，天黑了，我才施施然登上Coco Taxi，这是古董车以外的特色车辆，古巴自制，其实是一个电单车的机件，加上一个椰壳样子的玻璃纤维黄色外罩，外形有趣，只能坐两位乘客，穿梭于大街小巷，十分灵活！但是要抓紧扶手，因为很容易被甩出去！

女司机只用了十分钟，就带我来到Miramar新区的音乐之家（Casa la Musica）。不要被这个古老的名字吓跑了，这里是“80后”

超可爱的“椰子的士”，如果可以带一个回香港，一定可以吸引全街视线

年轻人为主的迪斯科舞厅加酒吧，哈瓦那有几家，但以新区的这一家最具人气。虽说是下午五点开始，但我知道这类“夜场”是越到晚上越精彩，所以，我7点半才去。

刚下车，就听到BVSC的快歌，令我开心地跑进去。入场费只是5CUC（合50港元），不包饮料。里面早已人满为患，几百位站着跳舞的年轻人，人贴人，手持朗姆酒瓶，跟着台上高歌的歌星起舞。拉丁民族豪迈奔放，能歌善舞，女孩翩翩，男士矫健。台上的歌手歌声更是雄浑有力，节奏明快。

我站在其中一个桌旁，众人对我这个唯一的东方面孔十分好奇，立即有美女过来搭讪，问我是哪里人。知道是中国人后，她就拉着我跳舞，又介绍她的朋友给我认识。其中一个朋友原来是台上的歌星。她请我喝哈瓦那俱乐部的朗姆酒，只加冰，很强劲浓烈，如同古巴女孩的性格。

拉丁民族的音乐，永远令人迷醉

我在古巴客串了一晚的歌星，当然不是唱《菊花台》

露西亚和我一齐高声Rap！

她叫露西亚（Lucia），每首歌都朗朗上口。歌星刚唱完一首，她和姐妹就不停地大声叫出歌名，好像点歌一样，台上她的朋友歌星就唱出她的歌！不停地有古巴人走过来和我喝酒，还会用普通话讲“你好”，加上周围男人的羡慕眼神，令我飘飘然了！

两杯酒下肚，我被露西亚推上了舞台，和她的一个姐妹表演跳舞！全场几百双眼睛都盯着我们！女孩拉着木讷的我起舞，她愈贴愈近，她的香汗混合着我的热力，贴在一起，然后跟着强劲的音乐，她上了发条般的屁股更贴近我的身体，上下左右有力地摩擦，令全场情绪高涨，台下口哨声不绝！歌星就唱出：“Chine！ Chine！”

第二首歌露西亚也跳上台，抢了和音的麦克风，叫我同她一起大声Rap（说唱）：“毛泽东！毛泽东！”她紧紧拥抱着我，热烘烘的胸部紧贴着我，吹气若兰，令我迷失在古巴美女对遥远中国的社会主义同志之爱中……

到夜深，人越来越挤，冷气不足，我酒精上脑，全身发烫，头也眩晕，和露西亚告别，她叫我周五再去玩，因为她朋友又表演！依依不舍地，女孩们逐个排队来和我拥抱吻别。

古巴青年崇拜毛主席

古共中央第一书记劳尔说："毛主席是拉丁美洲青年最崇拜的人物之一。"1961年古巴青年代表团到中国北京，见到了偶像毛主席。但卡斯特罗因为追随苏联，六七十年代中苏交恶后，他们没有机会再和毛主席见面了。

>> 古巴第一：海南鸡饭

音乐之家门口有很多"黑出租车"（没有牌照、没有空调的老爷车），2CUC（合20港元）就带我去了著名的餐厅El Alijbe。出发前我做过功课，*Lonely Planet*上推荐的数间餐厅，全被网友骂到狗血淋头——"超级恐怖难吃"，所以，要享有一个愉悦的假期，偷懒会自作自受。这家餐厅位于Miramar区，以六十年来只卖烤鸡闻名，老外和港台网友都给予非常正面的评价。

很大的餐厅，晚上10点钟仍然坐了过百名食客，人声鼎沸。要了一个招牌烧鸡套餐，西班牙语是Aljibe Chicken（直译是水槽鸡），12CUC（合120港元），有半只烤鸡、黑豆泥、薯条、炸蕉，最重要的是鸡油饭！

喜欢吃海南鸡饭的人都知道，那一碗油饭，是决定一店名誉的标准。果然，六十年的烤鸡功夫，都体现在这碗让人又惊又喜的鸡油饭上！想不到古巴人可以做出这般香飘十里、鸡味十足的油饭！加上一杯Mojito，这是海明威长居古巴时最爱的鸡尾酒，朗姆加薄荷叶，清凉芬芳，将音乐之家的热气尽消！

吃完回民宿，出租车收5CUC，黑出租车收3CUC，哈瓦那治安良好，我想也不想就上了黑出租老爷车！

回到黛安之家，隔壁房间的美国大学生和我吹了几句。他们来玩一个星期，今天去了150公里外另一个世界自然遗产烟草谷（Vinales）雪茄园，目的就是为了买未加工的雪茄叶，方便带回美国。他们还花了两天时间去过更远的列入世界文化遗产的甘蔗园，他们直怪是浪费时间！

听了他的忠告，我决定不花我宝贵的时间在郊外交通上了，明天继续在城区的另一边——旧城逛街。

音乐之家，哈瓦那共有两间，一间位于Centro Habana，一间位于Miramar，后者年轻人较多。出租车司机都知道音乐之家。

El Alijbe拥有自己的鸡场，每天新鲜运到

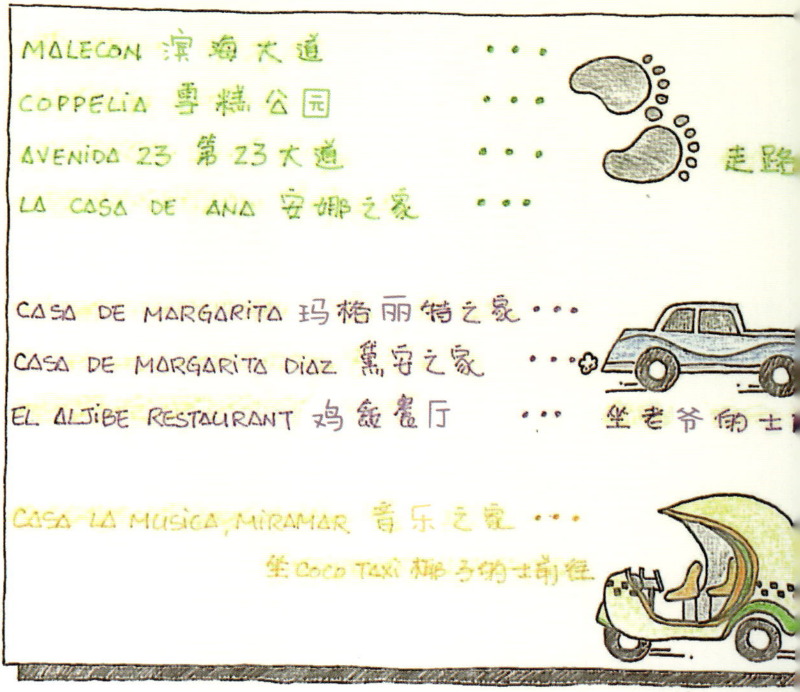
MALECON 滨海大道 …
COPPELIA 雪糕公园 …
AVENIDA 23 第23大道 …
LA CASA DE ANA 安娜之家 …
走路
CASA DE MARGARITA 玛格丽特之家 …
CASA DE MARGARITA DIAZ 黛安之家 …
EL ALJIBE RESTAURANT 鸡饭餐厅 …
坐老爷的士
CASA LA MUSICA, MIRAMAR 音乐之家 …
坐COCO TAXI 椰子的士前往

哈瓦那市区图

MIRAMAR区
鸡饭餐厅
EL ALJIBE RESTAURANT
AVENIDA 7MA
AVENIDA 5TA
音乐之家
CASA LA MUSICA , MIRAMAR
7MA
AVENIDA 31
CASA DE

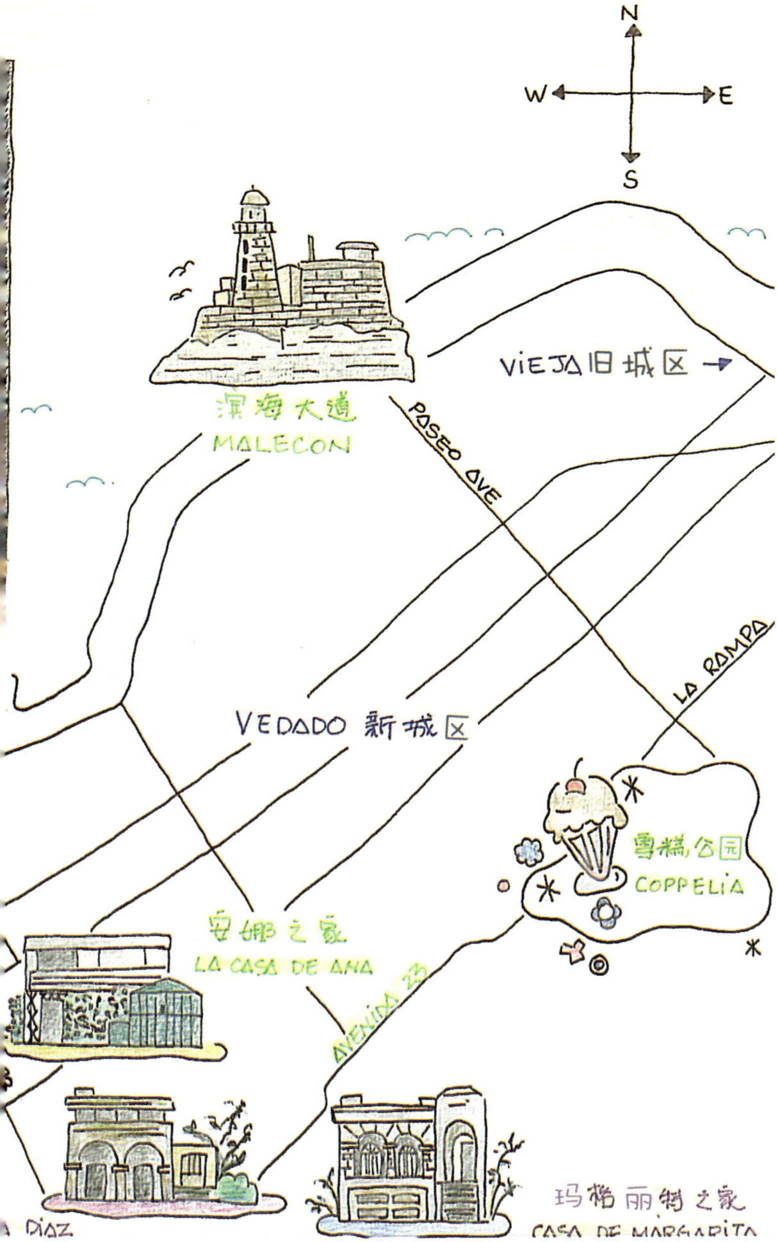
N
W
E
S
VIEJA旧城区
滨海大道
MALECON
PASEO AVE
LA RAMPA
VEDADO 新城区
雪糕公园
COPPELIA
安娜之家
LA CASA DE ANA
AVENIDA 23
玛格丽特之家
CASA DE MARGARITA
DIAZ

06

CUBA

海明威的哈瓦那

>> 旧城区一日游

早晨起来，空荡荡的哈瓦那豪宅寂静无声，只有玫瑰花精油的香氛。

黛安一个人在后花园中工作。她告诉我，这间大宅建于1930年，她十年前买入，我很好奇她怎么那么有钱？原来她嫁了一个西班牙富商，之后富商死了（我不好意思再问原因了），所以她成了富婆！西班牙和古巴两国虽然好像很遥远，但想想500年来两国的历史就明白了，就像中国和新加坡的华人通婚一样普通。

和玛格丽特家不同，这里没有早餐提供。但享受了豪华漂亮的大宅，我也不计较了。

我昨天跟安娜的老公佩佩（Pepe）约好了，今天由他导览建于1590年的旧城Vieja。我走去安娜之家，还有昨天的一大群挪威学生一起，上了一辆七人车，十多分钟就到了旧城中心。

第一站是商人街，以国家分类，有东方客栈（阿拉伯商人）、葡萄牙旅店、意大利客栈等，也有1700年（中国康熙年间）建的中国商旅，现在是一间叫“象牙塔”的中餐厅！

商人街的各国客栈

商人街入口的招牌（Calle de los Mercaderes，Calle就是西班牙语的街道）

第二站参观雪茄博物馆，将一片片的烟叶抚平，剪去边，卷成条状，再卷第二张烟叶上去，越卷越粗，最后用天然胶水封口，切齐口，完成。

第三站参观战争博物馆，柜子里有一支普通的步枪，西方年轻人排队和这支步枪照相，还要恭敬地向步枪敬礼！当然，枪的主人曾经是切·格瓦拉，这就不是一支简单的步枪啦！西方世界的年轻人对他很是崇拜。

第四站是巧克力博物馆，这也是最吸引我的博物馆，连玻璃窗后面的女生都直吞口水。

市中心的古巴国父何塞·马蒂（Jose Marti）雕像。他1895年发动古巴独立战争。他也是一位诗人，他的诗作“Guantanamera”是古巴最著名的爱国歌曲，在全世界广为流传。这个曲名，也成了哈瓦那一种雪茄的名字

中国人最拿手的是开餐厅，这家更是开在300年前的旅店

在东方花园（Jarden del Oriente）午餐，这是佩佩推荐的一间花园餐厅，喷泉、小树林中午餐，环境一流。位置很好，就在商人街后面的Plaza de San Francisco de Asís。

我点了一个烧鸡腿，附送米饭、黑豆，2.5CUC（合25港元），又要了一杯Mojito鸡尾酒，1.65CUC（合16港元），味道不错，价格在游客区算很低了，因为其他餐厅要十多CUC一份午餐。

>> 骄傲的古巴人

我要了两杯啤酒，1 CUC（合10港元），请导游佩佩一边喝一边聊天。他是西班牙裔，那种白种人天生的优越感并没有因为半个世纪的美国禁运而遭遗忘。根据美国中情局的The World Factbook(不是Facebook)，2010年古巴的GDP仍然是加勒比海12国中排名最高的国家，比排名135位的邻居海地高出一倍。加上这个计算是死对头美国所统计的，佩佩更为古巴自豪。

其丰厚的历史，使古巴更加鹤立鸡群。1521年，幅员辽阔的新西班牙成立，从北美的美国、加拿大到中美洲、加勒比海，再到菲律宾、印度尼西亚，为西班牙王室带来一半的收入。而这些殖民地的黄金珠宝，以至南美洲发现的大量白银，都会先运到古巴哈瓦那的金库，再运回马德里。眼红不已的其他欧洲王室，由皈依新教的英国王室和荷兰王室带头，对信奉天主教的西班牙王室进行了明抢暗劫，这就是著名的加勒比海海盗。至今，旧城Vieja的城墙仍然森严高大，大炮林立，当年就是为了防范海盗的。

有时候，真以为身处文化气氛浓厚的欧洲呢

山寨版的法拉利，十分威猛呢！

我问佩佩一个有关CUC外汇券的问题：香港一个周刊记者曾声称，这种外汇券是为了强取外国游客的钱，巧立名目而发行的。佩佩说："胡说八道！我今早自己还用30CUC去了一趟超市，买肉、买烟、买酒、买芝士等，买进口货必须用CUC。只有菜市场、政府机构、本地餐馆才用比索。"

中国改革开放始于1978年，15年后，多了古巴这个学生。卡斯特罗宣布改革开放，打开门户，和美国以外的西方资本主义国家做生意，并发行了CUC。开放15年以来，古巴居第一位的贸易伙伴是美国以外最近的西方国家——加拿大！第二位是英国，第三位是墨西哥。怪不得禁运之下这三个国家每周都有直航班机到哈瓦那。其他的还有韩国，街上的新车都是起亚和现代！法国的标致车以及中国的宇通客车、越南的大米，都是主要进口产品。

>> 哈瓦那的山寨白宫

市中心的旧广场Plaza Vieja是一个被迷人的殖民地建筑包围的小广场。粉红、鹅黄、彩蓝、鲜橙的西班牙建筑围绕着中心的喷泉，是活脱脱的地中海小镇风情，跌落在热带的小岛上。这些500年前的殖民地建筑，被政府悉心保护并使用，变身成博物馆、咖啡厅等。

广场旁边有一座叫Camara Oscura（相机暗箱）的建筑物，修建于1933年的美国殖民时期，在顶楼有一个巨大的暗箱，用相机的原理将哈瓦那的风光投射到白色幕布上。

无限旖旎的地方，是暗箱外面的天台。老城区中心的建筑物中，这座已是最高之一，所以脚下踏着七彩的旧广场，看游人如鲫。再俯瞰纵横的大街小巷，远望海边，见到一座白宫！

白宫不是在华盛顿吗？我可是在古巴啊！原来，1929年，还在美国殖民时期，古巴国会大厦完全仿照华盛顿修建了这座白宫。这座山寨白宫，一直到1959年都是古巴政府办公的中心。

哈瓦那的山寨白宫：国会大厦

将城市的风光投射到幕布上，很怀旧的玩意儿

愿主保佑这个美丽的社会主义国家

1989年，德国柏林墙倒下。1998年，教皇约翰·保罗二世到访了古巴，并和卡斯特罗有世纪性的会面。在那次探访中，教宗发出呼吁："让古巴开放自己走向世界，让世界亦开放接受古巴！"自此，古巴的宗教自由相对放宽了。在旧广场附近，有一间精致的东正教堂，由希腊政府赠送给古巴，门口的马赛克上就描绘了东正教士将教堂的钥匙交给卡斯特罗的场面。

>> 海明威的哈瓦那：老人与海

风总算是我们的朋友，他想。然后他又加上一句：不过也只是有时候。还有大海，那儿有我们的朋友，也有我们的敌人。床呢？他又想。床是我的朋友。正是床啊，他想床真要变成一件了不起的东西。一旦给打败，事情也就容易办了，他想。我决不知道原来有这么容易。可是，是什么把你打败的呢？他又想。

“什么也不是，”他提高嗓门说，“是我走得太远啦。”

（摘自《老人与海》）

啊，除了西班牙来的哥伦布、阿根廷来的格瓦拉，古巴还有一个外国来的幸运星。

那阵子，我住在美国加利福尼亚州圣迭戈，每天都生活在阴沟里。仰望星空，看见的都是他的小说。

这个美国佬在西方文学界的地位媲美我们的李白。他1939年在古巴听闻了一位渔夫桑地亚哥的故事，将之编写为《老人与海》，50小时卖出530万册，破了人类出版史的纪录，更荣获诺贝尔文学奖。书中渔夫的不朽名句“A man can be destroyed but not defeated”（一个人可以被毁灭，但不会被打败），照亮无数黑暗中弱小的心灵，这段文章更成为了美国中学教科书的课文。

那人叫海明威，那是20世纪30年代的哈瓦那，古巴还是富裕的美国后花园。大作家一生中三分之一的光阴，就在心爱的“感觉像是我的家”的哈瓦那度过，并在这里创作了获诺贝尔奖的文学巨著。如今，他在哈瓦那住的酒店、常去的酒吧，都成了从小读他的作品成长的欧美游客趋之若鹜的朝圣景点。

旧城的这座粉红色酒店，名为Hotel Ambos Mundos（两个世

Hotel Ambos Mundos餐厅以“海明威套餐”招揽客人

Hotel Ambos Mundos建于“二战”前古巴最富裕的年代。这是大堂的彩色玻璃天窗

界)，建于1923年。五年后迎来了这位大文豪，住在511号房，一住五年，创作了《丧钟为谁而鸣》等名著。现在511号房已成了小型博物馆，大堂里挂满了大文豪的相片，餐厅以他当年最爱吃的菜做了招牌菜“海明威套餐”。

海明威平时在酒店写作之余，也爱徘徊小酒吧。海明威曾表达他对古巴的异国爱恋：“我深爱这个国家，感觉像在家里一样。一个感觉像在家里一样的地方，除了他出生的故乡，就是他命运归宿的地方。”

这间古巴的“咸亨酒店”(孔乙己喝酒的酒馆)，在酒店不远处，叫La Badeguita del Medio。根本不用记地址，跟随川流不息的朝圣客就找到了。

小小的酒吧挤满了人，每天仍保留了乐队现场表演，弹奏出当年激发《老人与海》灵感的音符。有人问海明威为何会选择在哈瓦那定居，他说：“这里有清爽、明亮的早晨，有奇异的鸟，有西班牙情调的街道和醇酒，有黑眼珠里蕴满热情的古巴女郎，这真是一个好地方。”

千里慕名而来的欧美游客纷纷拿出相机，和墙上的他们中学时代的偶像作家留言真迹合影。墙上那句留言说：“我的Mojito就在这间酒吧。”Mojito是用古巴甘蔗酿造的朗姆酒混合薄荷叶、柠檬、蔗糖等做的一种鸡尾酒。

不用问，酒保已调好了十多杯“海明威签名式Mojito”在等候，虽然比外面贵一倍，4 CUC一杯，但大家仍然乖乖排队静候。我买了一杯，果然有性格，很火辣，像《老人与海》一样。来自法国的夫妇一边站在门口喝，一边不停地同我讲：“海明威，了不起！古巴，了不起！”

小酒吧里，有粉丝不停地抹眼睛，原来她们热泪盈眶了！我又何尝不是？中学课本读了鲁迅的《孔乙己》《从百草园到三味书屋》，就去绍兴“咸亨酒店”吃茴香豆。听了《费加罗的婚礼》，长大了就跑去奥地利的萨尔茨堡，买莫扎特巧克力。中学时，《伊豆的舞女》的结局弄得我哭酸了鼻子，而终于在年前，跟随川端康成的足迹到伊豆的热海、下田朝圣。日本人更有生意头脑，连我坐的火车也叫“踊り子號”（舞娘号）。《假面的告白》更带领我多次到访京都的金阁寺，去追思最真实的美。

要找到大文豪的笔迹，跟着游客的手指和相机吧

我出生时，偶像已自杀身亡。啊，忘了介绍，镜头里的红衫伯伯就是我的导游，安娜的老公佩佩

卡斯特罗虽然反美，但没有打倒文化人，反而十分敬重美国大文豪海明威。文学，无国界

没有装备文化的根基，即使到了英国剑桥的圣三一学院的柳岸躺着，也无法跟诗人徐志摩一样，做一个“夕阳里的新郎”的好梦呢！

大家前往古巴前，最好先读两页《老人与海》吧！包你玩得更有感觉！

大文豪热爱古巴，他写作的灵感来自这个热带岛国，于是1954年他将诺贝尔奖金送给古巴。直到1960年，卡斯特罗取得政权，海明威才离开古巴，翌年在美国自杀身亡。

>> 血拼切·格瓦拉

和佩佩告别后，我花2 CUC坐出租车去了圣荷塞利伯维尔场（Merkato San Jose）。

这是改革开放的一个象征，因为它是古巴全国第一个由个体户

San Jose（J在西班牙语的发音是H），圣荷塞是古巴第一个个体户市场

经营的自由经济市场，位于海边。市场不大，有100多个的礼品摊，除了雪茄、朗姆酒由国家专卖外，其他档口都是个体户经营，可以自由定价和讲价！讲完价后，比市区国营商店的售价还低。

这里最多的是与革命英雄切·格瓦拉有关的商品，由碟子到油画，由T恤到打火机，由烟灰缸到背包。想起这个英雄生前的理想，是要建立绝对的社会主义公有经济，消灭资本主义商品经济，他曾经把古巴货币也取缔了。但离开50年后连自己的帅哥模样都不保，做了万恶的资本主义商品的招牌，为社会主义的古巴赚取重要的美元、欧元！

如果切·格瓦拉看到这个他由美帝国主义魔爪下解放出来的古巴人手持帽子在大叫："切·格瓦拉革命帽，2 CUC！卖T恤，一套5 CUC！欧元同价！"唉，他老人家黄泉下有灵，一定会跳出来，用他的老步枪，将这些走资的该死小贩就地正法。但现实是，古巴去年吸引了200万名游客，收入100亿美元，成了政府的主要收入来源。古巴政府的目标是要吸引700万游客前来！

多么讽刺！但想起我身边的朋友也有很多切·格瓦拉的粉丝，那些对现实不满、对遥不可及的朦胧理想充满遐想的革命青年或中年，于是，我也忍着冒犯切·格瓦拉的滔天大罪，大笔扫入切·格瓦拉的革命帽子和油画，然后就用1 CUC买了一罐Cerverza National（国家啤酒），坐在海边，吹吹海风，看看油画，好不自在。

夕阳西下时，由圣荷塞利伯维尔场走回旧城的广场Plaza Vieja途中，听到强劲的音乐，来自一个废车场，推开半掩的门，有人在

连自己的样子也被资本主义商品化了的英雄

雪茄是古巴创汇的重要来源，最贵的品牌是Cohiba，最便宜的一盒要47 CUC（合470港元），只有五支

切·格瓦拉雪茄盒、切·格瓦拉碟、切·格瓦拉首饰盒，罪过罪过！

打Band。主音是肥胖的黑婆，她一边弹琴一边唱，有年轻人在打鼓，只有我这个不速之客做听众。她声音穿透力十足，时而高亢时而低回，节拍明快，虽然听不懂西班牙语，但我仍能深深感受到她的哀恸。古巴人的血液里面，原来流淌着音乐的基因。

>> 天堂在此，啤酒餐厅

早就在网上听闻旧广场Plaza Vieja上有一家啤酒餐厅，不容错过。

其实，地址也不用抄，因为整个旧广场上的众多餐厅，到了晚饭时间，只有角落里的那家店人满为患，门外也坐满了客人。这就是著名的Taberna de La Muralla。

店内自制生啤，即酿即倒即饮。十人份是一个高达1.5米的试管形状玻璃啤酒桶，也才20 CUC（合200港元），要倒酒时，就打开酒桶下面的水龙头，用杯子或嘴巴接着，开怀畅饮。

最出名的是烤猪排（Chuletas de cerdo），又香又嫩，足够两个人吃，也才4.95 CUC（合49港元）。

现在乐队个个都唱BVSC的歌

现烤猪排，好香！

华灯初上的旧广场Plaza Vieja

有置身于欧洲的错觉

用中世纪打海盗的炮弹，做成人行道的路障

四周都是欧式建筑，维修保养极好，都打了射灯，连路牌也是一模一样的蓝花瓷片，如果不是听到旁边的乐队在唱Chan Chan（BVSC的歌），我以为已经去了马德里的中央广场。喝着有如蜜糖一样清甜的新鲜黑啤，天堂在此，我不想走了。

07

CUBA

乐满哈瓦那

>> 古巴小甜甜

昨晚回到玛格丽特之家后，半夜喝水时不小心打烂了一只玻璃杯，应该是她的古董吧！第二天早晨，我十分内疚地告知她，玛格丽特只象征性地收了我一个CUC（合10港元）。

今天是古巴行程的最后一天了。早餐时见到玛格丽特的朋友玛丽，每天早上都见她在厨房帮忙做早餐。和她闲谈，她以前做医生时有6 000比索（合2 643港元），本来生活很小康，但退休后每个月只有4 000比索（合1 762港元）的退休金，就不够用了。

古巴政府不许所有私营企业，包括民宿招聘员工。所以她悄悄告诉我，她是来这里非法打工的！但她强调虽然收入微薄，读书、医疗、住宅都是全民终生免费的，所以古巴的生活已经比邻国强很多了。1989年之后，生活也艰难，因为所有进口货，小如肥皂、内衣，大如电器、汽车，都要用CUC买。如果用比索也可以，但就要按1 : 25算。她是专业人士，在古巴已算高收入，工薪阶层有人低至每月只有500比索（合220港元）收入。

欧洲进口车只是部分富裕的古巴上等人的玩意儿

街头无牌小贩，卖10比索（合4.4港元）的Pan con lechon（面包布丁）

十分奇怪，古巴女人都熟悉并热衷于中国风水。因为安娜家有八卦镜，玛丽也不停地问我，什么风水阵可以改善经济？还问，她儿子不听话，如何用风水改善？只怪我不是陈振聪，他来古巴，应该很有市场呢！我在行李中找到一张“福”字送给她。她如获至宝，又问我挂在什么方位？几点钟挂？

无神论了半个世纪，心灵仍然空虚得吓人。怪不得教皇保罗二世于1998年1月破冰出访古巴时，万人空巷。笃信无神论共产主义的卡斯特罗舍弃了惯穿的迷彩军服，换上规规矩矩的三件套西装，前往接机，并参加了几场教宗主持的宗教仪式，亲自搀扶年老体弱的教宗，由此开始宗教自由。

市中心的天主教总堂
依然香火旺盛

我去机场的专车，比来时便宜了一半

全世界的无产者，团结起来！

吃完早餐，我和玛格丽特和玛丽讲了“Adios”（再见）后，出来找出租车。街边的“黑出租”古董车都可以讲价，我的破烂西班牙语讲价已经够用，来程20 CUC，这次回程去机场只要11 CUC（合110港元），令我心情大悦，虽然也是20世纪的老爷车。

>> 时光倒流30年的中国街景

一路上没有任何商业广告，只有切·格瓦拉、卡斯特罗的大相片，以及大量革命口号，如“保护革命”“革命或死亡”等，颇有20世纪60年代革命博物馆的感觉。街上还有一个胡志明的雕像，但不见有毛泽东像。

美国形容古巴是“铁幕国家”“警察国家”“边缘邪恶轴心之国”。其实，和伊朗一样，去走一趟就会明白，这是无法抗拒的“邪恶”！特别在全球一体化的洪流中，难得一见的清泉，与众不同的国度，这就是古巴。

在古巴四天，我什么都拍，包括革命标语、机场禁区、政府建筑、军人等，从没有任何警察干涉。反而有古巴青年穿着“I love

衣着时髦的哈瓦那少女

被美国囚禁的古巴间谍是国家英雄

20世纪在内地生活过的人会发现，这是多么熟悉、亲切的画面——自行车，加标语

NY”的T恤招摇过市。也有商店的女售货员用计算机大声播放Lady Gaga的流行歌曲。任何杂志都可以带入，包括我带的英文古巴导游书中有大量批评古巴政府的言论。

卡斯特罗的弟弟劳尔自2006年7月接替哥哥后，发表了他的名言：“大豆和大炮一样重要，甚至更重要。”于是，西方媒体封他为“古巴邓小平”，改革的形象比他哥哥更为前卫。他更一手开放旅游业，2011年第一季度古巴的外国游客已达100万，比前一年多出60%。2012年将扩建首都机场，新建16座高尔夫球场。相对于地球另一端的社会主义兄弟——朝鲜，对待游客的友善度和重视度，古巴遥遥领先。

>> 古巴三宝：雪茄、咖啡、朗姆酒

到了哈瓦那国际机场。不要以为古巴物质贫乏，这个社会主义国家有丰饶的物产，其中以“古巴三宝”举世闻名。很多国营商店都贩卖三宝，供游客最后冲刺血拼。

首位当然是雪茄，这是古巴的国家象征，代言人有古巴三大英雄——切·格瓦拉、海明威和卡斯特罗。

我虽然不抽烟，一早听闻古巴的雪茄是在年轻女工赤裸裸的大腿上卷成的，卷入了热带的青春，卷入了肉温的性感。

但到了古巴，却是另一番景象。卷烟的工人，都是上了年纪的伯伯，很难联想到“女人香”。

一支刚制成的古巴雪茄，味道犹如青春烈火。但随着时间的流逝，风味如同红酒一样，逐渐香醇。世界上最好的雪茄，只生产于古巴热带的气候和肥沃的红土上。

一盒顶级的Cohiba要200CUC（合2 000港币）五支，算下来，400港元一支

古巴所有烟草田都是国有的，烟农上交九成收获给国家，留下一成的烟草给烟农自用

雪茄根据长度、粗细、浓度，有47种不同的级别和价格

机制雪茄便宜很多，由2 CUC（合20港元）起

雪茄在古巴是国家专营的限制产品，也是古巴最需要的外汇的主要来源。全世界公认最好的雪茄品牌Cohiba，由古巴政府于1966年创立，指定用全国最佳产地VUETA ABAJO雪茄园的产品，烟叶采摘下来，经烘干、发酵、整平、存放，然后挑选烟叶制作雪茄，其间大约要经历三年时间，80余道工序。这是卡斯特罗的御用品牌，也是赠送国宾的指定礼品。直到1982年才准许游客购买及出口，最便宜的一盒要47 CUC（合470港元），只有五支，大约100元港元一支。

半个世纪以来，美国太想干掉卡斯特罗了，以至于暗杀方式花样百出，不断推陈出新，古怪荒诞到可以让007都自惭形秽。其中，在卡斯特罗最喜欢的Cohiba中放毒，这就是《杀死卡斯特罗的638种方法》的纪录片的由来。

如果只是买来送给不抽雪茄的朋友，可以试一下大众化的品牌，当然不能奢望是手卷，这些都是机制的。以莎士比亚名著命名的Romeo & Julieta便宜很多，2.85CUC（合28.5港元）一支；以古巴名曲Guantanamera命名的雪茄，2 CUC（合20港元）一支。

古巴的咖啡也很出名，世界上最贵的蓝山咖啡就出产在旁边的牙买加。而古巴的咖啡豆属酸性豆，适合中温烘焙，有独特香醇的风味，最出名的品牌是Cobito，香气浓郁，口味浓烈，带着点酸味。

3—6 CUC（合30—60港元）一包。

古巴盛产蔗糖，这曾是古巴的经济命脉，以至于美国在20世纪60年代曾禁止进口古巴蔗糖，想逼卡斯特罗屈服。结果好朋友中国和苏联都出手，大量进口古巴蔗糖，我小时候在内地，就是吃古巴糖长大的。

由蔗糖汁发酵蒸馏而成的，就是古巴第三宝的朗姆酒了。透明无色，味道呛辣，古巴人都直接喝，我在酒吧就被古巴女孩灌过，比我们的二锅头还要烈！但用来调制海明威最爱的Mojito，就十分性感迷人了。

Havana Club（哈瓦那俱乐部）是最佳的朗姆酒品牌，也是国营。朗姆酒依储存年份长短而价格各异。储存18个月，称为Silver Dry，用于调酒，3.8 CUC一瓶（合38港元）。储存三年的称为Carta Clanca，颜色金黄，纯饮用，5.55CUC一瓶（合55港元）。最贵的为储存七年的，称为Anejo，颜色深褐色，8CUC一瓶（合80港元）。

我买了一支，等我回去自己调Mohito，回味古巴的味道。买了才想起，可以带上飞机吗？售货员的答案是当然可以！“我们不是蠢蛋美国人！这个世界没有人要恐怖袭击古巴。水也可以带上飞机！”我笑了，心想，好在这个地球上还剩下这几个无恐可

各种年份的Havana Club朗姆酒，可以留待在机场时购买，因为和市区售价相同

除了闻名的BVSC，古巴音乐如其香醇的Cohiba！

反的“邪恶轴心”国家，不跟美国天天提心吊胆地反恐！大家想想看，“9·11”之前，我们坐飞机是多么地方便和自由！

四日三夜的“乐满哈瓦那”完美结束了，很满足！这次来古巴四天，都住在哈瓦那，没有坐长途巴士去其他古巴城市，如东部第二大城市圣地亚哥，及古巴其他三个世界遗产景点，包括咖啡农场（Sierra Maestra）、甘蔗谷（Ingesnios）、烟草谷（Vinales）。因为看了相片及介绍，我实在不明白这些平凡无奇的农庄为什么会是世界遗产！因为我在香港也曾种植香蕉、龙眼和荔枝啊，等我也去申请入世界遗产啊！看网友的经验，对圣地亚哥、甘蔗谷、烟草谷、长途巴士及沿途住宿、食物等批评多过赞扬，所以我最后选择了躲在懒洋洋的哈瓦那。

学学海明威，躲在懒洋洋的哈瓦那，过几天古巴式的慢生活

机场的万国旗中，留意到美国旗也在飘扬，证明两国关系已经在融冰

>> 中古怎么了？

古巴虽然和中国在地理上很遥远，但在理念上很接近。

20世纪50年代，切·格瓦拉和卡斯特罗都是《毛泽东选集》的忠实读者及“游击战”的信徒。毛主席1961年4月13日在北京接见远道而来的古巴文化代表团，说：祝古巴人民在反对美帝国主义的斗争中取得胜利。但随后的六七十年代，中苏交恶，苏联阵营的古巴则跟随老大哥和中国割席，并互相指骂。

苏东剧变后，古巴一夜之间失去了苏联这个大靠山及东欧大市场。环顾全世界的社会主义国家，只剩下四个。朝鲜、老挝、越南都不值一提，于是古巴主动向曾交恶的中国示好。1993年，古巴政府盛大庆祝毛泽东100周年诞辰，劳尔在电视上用汉语大唱歌颂毛主席的革命歌曲《东方红》。2001年，江泽民主席正式访问古巴，向卡斯特罗亲笔题七绝一首，“朝辞华夏彩云间，万里南美十日还”。1997年、2004年、2008年，胡锦涛三度访问古巴，雪中送炭，探访病榻上孤独的卡斯特罗，建立起深厚的友谊。

这颗西半球唯一的社会主义明珠，在2011年这个现实的物质社会，在前社会主义兄弟大都已经变色的变色、走资的走资、比西方更向钱看的时代，仍然忠于马克思主义，建立一个平等、没有剥削、没有阶级的社会主义，声称政治采用“直接民主”，全国人都有投票权。古共中央第一书记劳尔在古巴共产党“六大”中，宣布“古巴将坚持社会主义，坚持一党专政，坚持计划经济，坚持全民免费医疗和全民免费教育”。我对这种“众人皆醉我独醒”的理想主义坚持充满敬佩。

哈瓦那街景

哈瓦那街道的瓷路牌，媲美地中海小镇的精致

乐满哈瓦那

后记

回香港后，我特别留意古巴的新闻和动向。2011年，外电报道："共产古巴走资了！"劳尔宣布《古巴经济社会政策纲要草案》，政府效法中国经济改革，将快破产的国企私有化，将逐步取消货币双轨制，将放松国民买卖房屋和汽车。过去只能允许同时12人用餐，现在允许同时20人用餐。将放宽个体户政策，容许私人企业招聘员工，那么，年迈的玛格丽特应该终于可以正式请玛丽作为帮手了？嗯，等我写个电邮去问问她。我才想起，玛格丽特家是没有计算机的！

>> 回到墨西哥坎昆：享受玛雅SPA

一个小时的机程，就由哈瓦那回到了坎昆。

这次学精了，我没有在比较方便的入境大堂Arrival（入境处）这边去找出租车，因为这边回市区出租车正价是60美元。我去了远一些的出境大堂Departure（出境处）那边，果然刚送完客的司机愿意用半价30美元送我回酒店区，这价格和两个人坐Share Van同价了。

回到Meridien 酒店，大堂的靓女已经叫得出我的名字了。入住后，瞄到这家是坎昆少有的提供SPA的酒店，对于精通SPA的我来讲，正中下怀。

墨西哥的玛雅SPA有什么特别呢？按摩女郎先用土著的精油擦在她自己的手上，不停摩擦。然后放在我鼻子前面，让我呼吸闻香了好一会儿。油香加上女人香，果然令疲惫的我在她的软软手指按了两下后就昏昏入睡，直到她用铃声叫醒我。经过古巴的社会主义革命严肃洗礼了四天，这种资本主义的奢华享受是最好的见面礼。

加勒比海阳光的白沙滩引诱着我，下水，海浪比人高，不能游泳。

于是躺睡在沙滩椅上，忘记自己身在何方。

Meridien的泳池没有人，认真地游了很久，直到肚子打鼓了。

坎昆是旅途中最佳的加油站

离酒店不远的饭店及商场

跳上R1巴士，去酒店区中心，就是Hard Rock Cafe所在的购物中心。对面的Flea Market（跳蚤市场）有几十档小贩，但所有商品都不标价，见什么人开什么价，然后死缠烂打。他们以为我是世界上最富有的日本人，令我落荒而逃。去商场里三楼的Food Court（购物中心），买了30比索的比萨，坐在沙滩上看打排球，看跳舞的美国大学生们。

去另一个商场Plaza Fiasta逛街，我想买一件民族服Poncho Mexicano，有小贩开价600—700比索，有人开价300比索，最后一家我讲成150比索，成交！这种民族服和秘鲁的印加斗篷很是相似。想一想人类迁移的路线，由亚洲越过白令海峡，走过北美到中美，最后到南美洲，所以相似是有原因的。

中美洲文明编年史

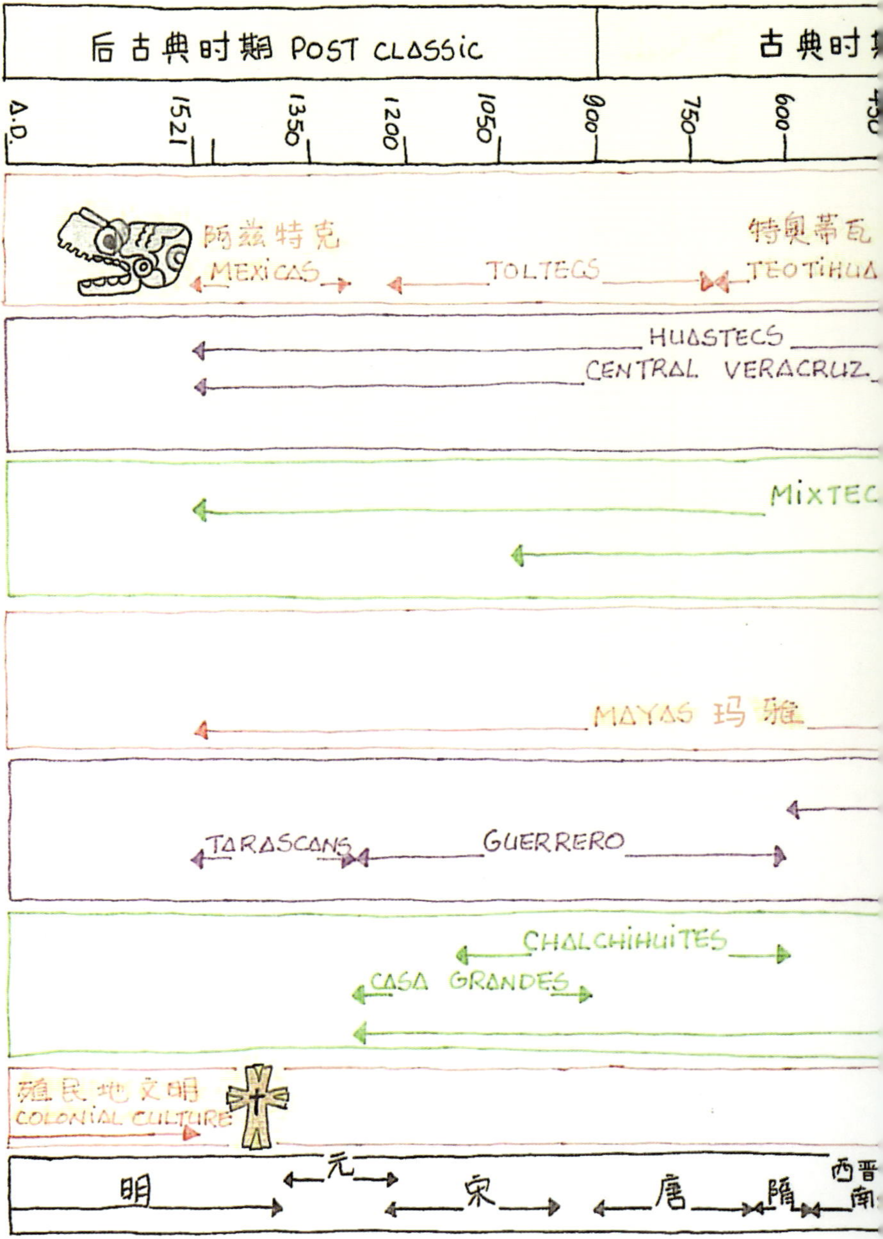

后古典时期 POST CLASSIC
A.D.
1521
1350
1200
1050
900
750
600
阿兹特克
MEXICAS
TOLTECS
特奥蒂瓦
HUASTECS
CENTRAL VERACRUZ
MAYAS 玛雅
TARASCANS
GUERRERO
CHALCHIHUITES
CASA GRANDES
殖民地文明
COLONIAL CULTURE
明
元
宋
唐
隋
西晋

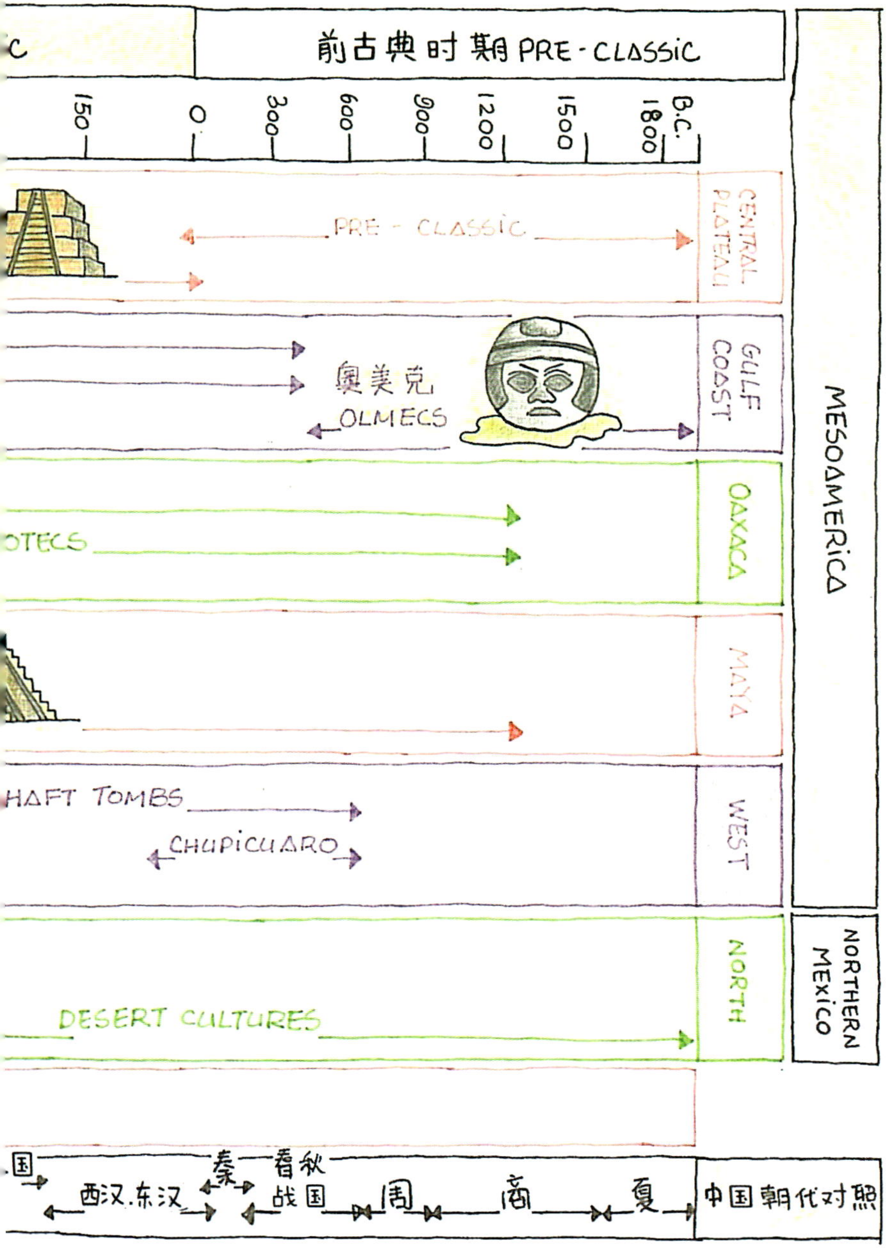
C
前古典时期 PRE-CLASSIC
150
0
300
600
900
1200
1500
1800
B.C.
PRE - CLASSIC
CENTRAL PLATEAU
奥美克
OLMECS
GULF COAST
OTECS
OAXACA
MAYA
HAFT TOMBS
CHUPICUARO
WEST
MESOAMERICA
DESERT CULTURES
NORTH
NORTHERN MEXICO
国
西汉.东汉
秦
春秋
战国
周
商
夏
中国朝代对照

08

MEXICO

2012年：玛雅末日之谜

>> UFO之神秘民族——玛雅人

今天的行程很紧张，为了节省时间，一天要顺路向西游览尤卡坦半岛的三个城市。上午由坎昆前往世界七大奇迹之一——奇琴伊察，下午由奇琴伊察顺路前往西班牙曾殖民过的白色小城——美丽达，晚餐后再到另一个世界文化遗产——坎佩切，入住古堡。

15世纪，西班牙殖民者发现新大陆上的一个神秘土著，他们的天文历法居然比同期的欧洲更为先进精确，他们的兴起和消失更是一个谜。

那里，是全世界UFO出现最多的地方。

我们熟悉的欧洲和亚洲，统称为旧世界。

但是，这群人不属于旧世界，他们来自新世界，叫玛雅人。来去无踪的他们有令东西方文明自愧不如、无法理解的先进的天文历法。生活在石器时代的玛雅人，对天文、宇宙的知识，比欧亚民族更为精准。先进到令人怀疑他们不属于这个地球，玛雅人是外星人的后代吗？

5 000年来，东西方文明有众多宗教、神话、预言家、巫婆神棍描绘了或预言了无数个世界末日，但无一被证实或兑现。

但5 000年来，环顾世界众多文明，只有新世界里生活在石器时代的这个神秘民族玛雅人，描绘了《科学》唯一承认的一次世界末日，而且，这也是2010年才得到证实的。

>> 《科学》唯一承认的世界末日

6 500万年前，一颗直径达15公里的小行星撞中奇琴伊察以西数百公里的地方，希克苏鲁伯，撞击能量相当于广岛原子弹爆炸的10亿倍，导致地球末日般的景象，包括超级地震、大海啸、全球急速冰冻。几日之内，灭绝了地球上大部分生物，包括曾经横行全球的恐龙。撞击遗留的陨石坑叫“希克苏鲁伯陨石坑”，直径约有180公里。

2010年3月5日，经过20年的研究，美英日等12国天文学家在《科学》杂志上发表此结论，这是《科学》唯一承认的有科学根据的世界末日。

1 000年前，时值中国商贸繁荣的宋朝，欧洲尚处于黑暗的中世纪。

1 000年前，尚未被欧洲人发现的新大陆上，处于石器时代的玛雅人已经知道了。Chicxulub是古玛雅语，解释出来是“恶魔的尾巴”，形象地描绘出了6 500万年前撞击地球的这个小行星。

玛雅人的日历中，地球已经历了四次末日。最后一次，也就是

希克苏鲁伯陨石坑

第五次末日将是公历2012年12月21日。

>> 太阳历、太阴历

古人仰望夜空，黑夜中的月亮特别容易观察，月亮盈亏一目了然，由是产生了最早的阴历（农历）。月亮绕地球运行一周的时间为一个月（29.530 6天），大月30日，小月29日。但这种简易目测，误差较大。一年大约354日或355日，有时是12个月，有时是13个月，13个月中有一个月称为闰月，如闰七月，闰三月等。

直至天文知识丰富后，古人才能观察到太阳在历法中的准确作用。罗马教皇很不情愿地在1582年宣布使用阳历（新历、公历），以地球绕太阳公转为主要依据。阳历一年为365.242 5日，接近平均回归年的365.242 19日，即约每3 300年误差一日，成为全世界现行的历法。中国在1912年正式采用罗马阳历。

但是，在地球另一端，公元前6世纪，已经有人发明了精确无比的阳历，并以此预测行星运行，预测日食月食。

>> 解构玛雅历法：长历、卓尔金历、哈布历

玛雅历法异常复杂。不同于中国2 000多年只使用单一的阴历（农历），玛雅同时使用三种系统的历法（有点像我们近百年公历、阴历并用），并以复杂的方式互相同步并紧密结合，形成无限长远的天文周期“纪”。分别是长历（Long Count）、卓尔金历（Tzolkin）及哈布历（Haab）。

长历

追踪月亮盈亏，可以视为我们的阴历，是玛雅碑文铭刻用的日期。

卓尔金历

一年260日，以20个日名以及13个日数构成，用来决定宗教及祭典项目的时间，并作占卜用。例如，在Akbal日出生的小孩会被认为女性化、富裕，具有和超自然世界沟通的能力，所以将来可能会成为一个祭司。而260日，也刚好是人类的孕期。

为什么是20日一个累进呢？因为20对玛雅人来讲，是一个重要数字。很简单，这是我们人类手指与脚趾的总数！所以，玛雅数字不是十进制，而是二十进制。

位于科巴球场的玛雅长历

玛雅数字系统，和现代计算机系统类似

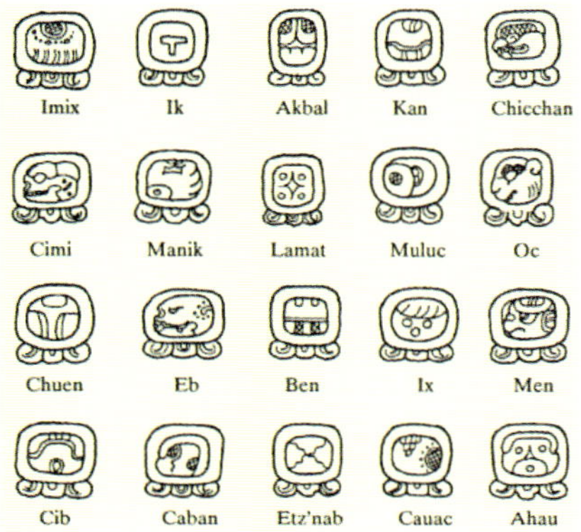

卓尔金历的20个日名，Akbal日就是第一行第三个

卓尔金历和玛雅数字相结合

哈布历由18个月组成，每个月都有一个象形图案

玛雅人比欧洲人早1 000多年，发明了“零”的数字系统，就是好像人眼的符号。计算用点和划，一点等于一,一划等于五，和当今计算机系统类似。

哈布历

在公元前550年的冬至日，玛雅人开始使用了千年后西方人才懂的阳历，即哈布历，一年18个月，一个月20日，5日忌日。

玛雅人哈布历的太阳年一年为365.242 0日，现代天文测算为365.242 2日。误差为0.000 2日，即5 000年才误差一天，比旧世界的欧洲罗马阳历先进了1 000多年。

将玛雅石刻里长历中记录的天象（例如何时日食、月食、金星出现）和最近1 000年旧世界的历史记录相对照，就可以解开玛雅历法之谜，即2012之谜。

>> 2012解谜

玛雅这三种历法互相同步及配合，就产生世界上最庞大的历法周期——每187.2万日（即5 125.37年）为一个循环周期，玛雅历法中称为“太阳纪”。

第一太阳纪是马特拉克缇利（Matlactil Art），被大洪水所灭。

第二太阳纪是伊厄科特尔（Ehecatl），被飓风所毁。

第三太阳纪是特雷奎雅维洛（Tleyquiyahuillo），被大火毁灭。

第四太阳纪是宗特里里克（Tzontlilic），火雨肆虐。

公元前3113年开始第五个太阳纪，是托纳提乌（Tonatiuh），根据考古学家解开的长历，我们公历2012年12月21日正是此一周期的末尾。根据玛雅长历，那一天，太阳消失，星球摇晃，地球毁灭。

玛雅的五个太阳纪，共计25 800年，这是人类最长的历法纪年。因为人类的文明也才5 000年。但这个数字并不简单。

地球除了公转、自转之外，第三个运动是我们的自转轴像陀螺一样旋转，在日、月的引力作用下，地球自转轴的空间指向并不固定，呈现为绕一条通过地心并与黄道面垂直的轴线缓慢而连续地运动，顺时针旋转一周，需时25 800年，是为近代天文学的“地球岁差”。（但是，公元前6世纪，释迦牟尼、孔子都未出生，秦始皇的祖父更未见人影。石器时代的玛雅人怎么洞悉了2 500年后的天机呢？哥白尼不是白活了？他1543年才提出日心说，将欧洲人、亚洲人从

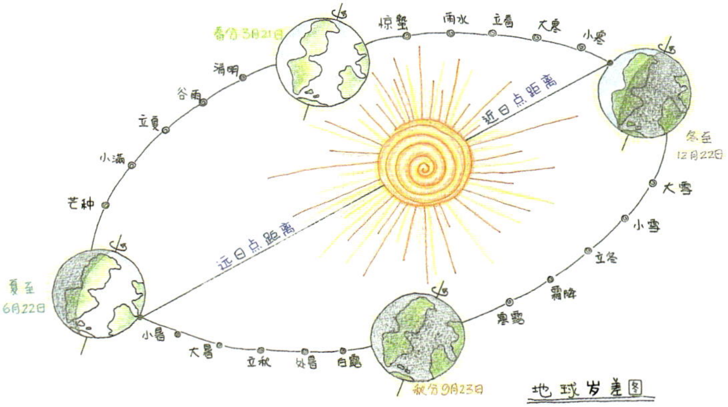

地球岁差一次，刚好25 800年

井底带出地面，比玛雅人足足晚了2 000年。）

2012年12月21日，地球刚好走完了一圈。那天是冬至，也是玛雅哈布历的起点日。那一天，天文将呈现一个25 000年难得一见的异象：当地球运行到公转轨道上的冬至点时，太阳、地球和银河系中心的人马座，正好相遇在同一条直线。银河系中心有一个400万个太阳质量的黑洞——“银心黑洞”，将引发天文异象，有人预料会爆发地震、火山、飓风、海啸；有人预测黑洞引力将使太阳爆炸（和玛雅历预计太阳消失吻合），使地球球毁人亡、天崩地裂，地球磁场极性调转，南极变北极，北极变南极。Sayonara（永别），末日了！

>> 玛雅天文奇观——奇琴伊察金字塔

赶快，趁着还没到末日，去看看这个匪夷所思的奇迹。

世界第七大奇迹在面前了！

为了按时完成计划，今天的行程很紧张，因为一天要经过三个城市，一环接一环，但不确定的因素很多：

1. 中途的奇琴伊察能否寄存行李？由于是单程路线，行李全天都跟着我，经过两个城市，晚上才到入住的坎佩切。我的经验是，美丽达这类城市的巴士站一定可以寄存，但景点就不确定了。最坏的打算是拉着行李逛景点。

2. 看网上资料，只有二等车停奇琴伊察景点门口。一等车的ADO巴士是否到景点门口，还是到相差一公里的市镇Priest？

3. 由奇琴伊察出来后，能否赶得及下午2点20分去美丽达的巴士？虽然两周前我已在香港从网上预订了每天唯一一班由奇琴伊察直去美丽达的巴士，因为两周前就已经快满了！

所以一大早7点半就起床，8点下去坐R1到ADO巴士总站。每天都来这里，所以很熟了。登车之前先去对面的Chicken Factory快餐店吃了一个58比索（合38港元）的鸡包餐。带着我的一大堆疑问，去ADO的咨询台查问，但接待员小姐一句英语也不会。我用破烂西班牙语问这么复杂的问题，听得她一头雾水。

坐上早晨9点发车（每天只有这一班）的一等车去奇琴伊察。但今天同时开了两辆巴士，因为游客众多。原定三小时的路程（二等车要四个半小时），由于ADO交了415比索（合274港元）的过路费，行驶在高速公路Toll way上，车开到每小时110公里！公路状况很好，媲美美国的高速。结果两个小时就到了，而且正好停在奇琴伊察景点门口！

果然是世界第七大奇迹！景点门口已经人山人海，欧美日本的旅游团很多。最重要的是在售票处的右边、厕所前面，就有行李寄存处，而且免费，真的是世界奇迹啊！阿门！

售票处旁边，咖啡色门口就是最重要的行李寄存处

金字塔下面还在发掘旧金字塔

蕴藏在建筑中的天文奥妙，最底层的巨大祭坛，代表了365天的哈布历

放下行李一身轻，门票加了价，由95比索加到116比索（合76港元）。我一进门，走十几米，就看到了羽蛇神金字塔！今天离哈布历春分（3月21日）还有一个星期，看不到神奇的“羽蛇神下凡”了。

游走了半百国家的我，对羽蛇神金字塔第一眼的印象并不感到震撼。只有42米高，是145米高的埃及胡夫金字塔的三分之一，建筑时间更晚了3 500年；连墨西哥城附近的特奥蒂瓦坎高度62米的太阳金字塔也不及。

但这个金字塔不同于埃及，不是国王的墓地，而是世界上最大的天文计时器，和建筑艺术完美地结合在一起。这个修建于公元6世纪（中国隋朝）的巨大建筑，是根据玛雅三大月历精心设计的巨大天文计时器，由太阳来驱动。

金字塔四面的地下，挖开了一个个地洞。1936年发现下面有另一座更大的金字塔。由于玛雅月历中，每52年为一世纪，重回到起始的那一天。每52年就好像过新年一样除旧迎新，推倒旧金字塔，再在上面修建新金字塔。所以现在这个金字塔是“塔中有塔”。塔面四个表面，各有十三块大石，四面刚好是52块。

这座美洲最精确的玛雅金字塔占地3 000多平方米，底座呈四方形，塔身九层，和埃及金字塔不同，每边都有阶梯通往顶部，皆为91级，四边阶梯加起来共364级。怎么少了一天？原来要计算塔顶的最后一阶祭坛，刚好365级，哈布历和现代太阳历的天数完全吻合。

>> 羽蛇神下凡

哈布历时计启动了！每年春分日落的时候，阳光射过北边的塔身，在91级石梯上投下巨蟒一般婉转曲折的黑影，丝毫不差地接驳到石梯底的蛇头上，就是著名的“羽蛇神下凡”了，象征羽蛇神春分时苏醒，提醒大家要春耕了。

羽蛇神原是土拉的皇帝，他是蛇形的神

“恰克莫”是羽蛇神的使者，风化严重

骷髅台上的头颅都曾经是球星呢

美洲豹也是被崇拜的神，要供奉人心

羽蛇神是谁？他原是一位土拉（位于墨西哥城北部）的皇帝Quetzalcoatl，土拉文明在特奥蒂瓦坎崩溃后，Toltic人于公元900年—1100年创立，他们的皇帝就是伟大的Quetzalcoatl，他被人陷害而去国，坐船到尤卡坦半岛的奇琴伊察，被玛雅人尊称为Kukulkan（羽蛇神）。这种半人半神的祖先传说，类似中国的女娲和炎黄。

金字塔对面是骷髅台，雕有几百个头颅，都是球赛输了被杀死祭神的球员。同样血腥的骷髅台也发现于土拉，两旁石雕展现的是老鹰和美洲豹正在吃祭祀的人心，还有能放置人心的祭神恰克莫的雕像、柱廊等，均源自遥远的土拉。

>> 夜观星相

几乎所有中美洲的文明，3 000年来都崇尚球戏，用橡胶做成的实心球，球员用肘膝控球，射入两边墙上计分的石环，代表太阳东升和西落，但球赛的结果就是一场血祭。经由牺牲负方（有的地方是胜方）球员的鲜血，太阳才得以照耀万物。奇琴伊察的球场，中美洲最大，大到考古学家估计不是真正用来比赛的，而是有宗教象征意义。

过了球场，就是一个少见的圆锥形建筑，这是观察金星的天文台，被称为El Caracol（西班牙语：蜗牛）。我站在天文台下面的骄阳里，想象公元前6世纪玛雅祭司在这里日观旭日、夜观星月，计算出比东西方文明先进了1 000多年的三种历法，以及五个太阳纪、25 800年的地球岁差、2012年12月21日的末日，感觉十分奇妙。

在天文台这里就计算出2012年12月21日，奇妙！

千柱廊有很多柱子，但没有人能准确数出有多少根柱子

被称为“修女院”的建筑，门上雕刻的全部是雨神恰克

羽蛇神在遥望它的金字塔

>> 带2012回家

尤卡坦半岛众多玛雅遗址中，奇琴伊察游客最多。所以小贩的数量也成正比，景点内过百街边小贩，竞争激烈，所以价格比坎昆低很多。我于是在这里第一次大出血。

黑曜石经济，曾经是中美各文明的经济支柱。其中特奥蒂瓦坎文明就是靠其天然的黑曜石打磨成匕首、弓箭，进行贸易而富甲一方的。所以，我也买了一个黑曜石匕首，头柄是美洲豹雕像。当年，祭司就是用这种黑曜石匕首挖出活人的心脏用来祭祀，然后供给恰克莫的。我由200比索讲到100比索（合66港元）。

少不了木雕的玛雅哈布历，一圈有18个月，每个月由一个象形文字代表。由600比索讲到150比索（合100港元）。10比索（合6.6港元）选择也很多，有恰克莫，有人样也有蛇样的羽蛇神，还有奇琴伊察金字塔模型。我选了羽蛇神的款式，准备回家后春分时在落日阳光下摆弄。

一个老婆婆卖她织的手帕，15比索（合10港元），图案也是金字塔，虽然很粗糙，但我十分尊重本土手工艺者，不但不讲价，还买了两条。

临走时，再望一眼玛雅天文台，希望2012年12月21日后，还有机会再见你！

对玛雅三种历法有认识后，就开杀戒吧！

连小贩也是大头短颈的玛雅人后裔

10比索的收获：由恰克莫到奇琴伊察的金字塔模型

出来后太热，我又穿了厚厚的羊毛Poncho，出了一身汗。在小吃亭买了杯冰咖啡，38比索（合23港元），颇贵。在入口处拿了行李，因为免费，我给了老兄2比索（合1.2港元）小费。

下午2点钟到景点外面的停车场等车，没有ADO巴士的站牌，好在找到一个ADO职员，指示我在草地上等车，已有几个背包客坐在那里等车。2点20分去美丽达，一天只一班。2点25分车来了，Bingo！任务完成，去美丽达！

>> 墨西哥混血大美人——美丽达

2010年环球小姐比赛，墨西哥小姐击败其他82国佳丽，赢得了桂冠，上次夺冠是在1991年。

旧世界和新世界的交界，是欧洲和拉丁美洲的混血儿。在国际选美赛事上，全世界公认，这些混血大美人往往具有沉鱼落雁之容、闭月羞花之貌。

美丽达人以白色Hupiles绣花罩裙为市服，城市也被称为“白色城市”

墨西哥有一个洁白的混血名称，名副其实，就叫美丽达。

>> 玛雅人群居地

美丽达，是墨西哥旅途中一个意外的惊喜。出发之前看了很多网评，说这个尤卡坦州的首府是一个又旧又残的西班牙小城。1542年，中国尚是明朝嘉靖年间，西班牙人烧毁了原本叫Tiho的玛雅人城镇，以西班牙小镇美丽达命名这里。

这个美丽的白色城市，曾以“绿金”打造。不是美金，而是指19世纪70年代是美丽达经济的“绿金年代”。在这个小城发现以剑麻（henequen）制造的麻绳，经久耐用，可以用作船缆，远销欧洲，使小城一夜暴富。富裕的庄园主更以巴黎为目标，建设美丽达。

沿途都是殖民地建筑

将行李托寄在ADO巴士站

如同鬼城的老城区

下午4点45分到达后，就立即在ADO买了当晚去坎佩切的车票，我特意买了晚上7点19分的车票，使我有两个半小时空闲，可以逛一下这个尤卡坦州的首府。

ADO巴士站在美丽达城的西南边，在ADO寄存行李，收了20比索（合13港元）。然后步行去市中心Plaza Grande。经过七个街区，果然是又残又旧的殖民地建筑，街上冷冷清清的。

就这样孤独地走着，15分钟就到了市中心大广场，才恍然大悟，原来所有美丽达人都到了这里！

墨西哥的人口85%是混血儿，10%是纯种西班牙裔，5%是纯原住民（如玛雅后裔）。但由于尤卡坦州是玛雅文明的发源地，广场上大部分都是原住民。玛雅人和混血儿一眼就能分辨出来，玛雅人大多矮小肥胖，头又大又圆。

广场东边是大教堂La Catedral de San Idelfonso，建于1542年，是墨西哥第一座天主教堂。今天刚好有礼拜，矮小的玛雅妇人戚戚然，双腿跪着，听神父讲经。大教堂下面，正是玛雅的被毁神殿。但我想，西班牙人没有远见，当年如果没有拆毁玛雅神殿，应该比教堂吸引更多的游客呢。

大教堂外面，很多胖得没有脖子的矮小玛雅女士，手持一大堆

“胜者为王”

手织的七彩腰带兜售，一向支持民族小贩的我买了两条，才50比索（合30港元）。最大的好处是没有金属扣，以后过机场的X光机时，免去当众脱皮带的尴尬了。

广场南边是Casa de Montejo，建于1549年，本是军人居住的营地。正门有一个臭名昭著的石雕，两个西班牙征服者脚踩在玛雅人的断头上，旁边还有高大的天主教传教士为矮小的幸存玛雅人传教。

大广场上有过百的小贩摊档，大部分都卖尤卡坦州出名的刺绣衣服，女装叫Hupiles绣花罩裙，男装叫Guayberas刺绣恤衫。其实款式颇为时髦，平时也可穿着，于是我买了一件红色男装短袖恤衫，纯麻质，400比索讲到250比索（合160港元）。

大广场四周都是小吃大排档，煎肉、烤鸡，香气四溢，热辣辣地夹在脆脆的三明治中，才12比索（合8港元）。夹在国民美食玉米饼Taco（又称小抹布，因为外形类似）中，更便宜，5比索（合3港元）。小贩十分友善，任我摆姿势拍照，笑脸相迎。沿街品尝各款地道小吃，吃得饱饱的才花了十多港元！

“绿金年代”打造的市政厅

跪在十字架下面的是臣服了西方的玛雅后裔

玛雅人被墨西哥人称为“大头”（Yucatecos），撇开种族歧视，玛雅人十分友善可爱

环绕大广场的是各式各样的大排档

>> 白衣白裙齐狂欢

吃饱喝足，正场才开始。音乐传来，在独立广场的一边已经聚集了很多观众。一大堆可爱的玛雅妇人，身高通常不超过1.5米，颈短身短头大，笑呵呵的。最大的好处是站在她们身后，不用踮脚也可以看得清楚。

十对年轻男女整齐地跳起土风舞，女士都是高头大马的混血美女，一个玛雅人也没有。头发上系着五彩绢花，穿着美丽达的Hupiles绣花罩裙，白底上绣满红黄蓝绿色的花朵，争奇斗艳。男士白衫白裤白礼帽，手持红手巾。怪不得美丽达也叫“白色城市”，因为市民爱穿白色衣服。

男士深情款款，女士妩媚娇柔。开始时是一对一对跳，一踱一回眸，一笑百媚生。然后，各对相互穿梭，花样百出，令人眼花缭乱。跳完掌声四起。然后司仪出场介绍，另一对男女出来——念诗！只听懂了一句“Yucanta...Merita...Bonita（尤卡坦州的美丽达……很漂亮）”。原来这是三月的狂欢节（Festival de Trova Yucantan）。

依依不舍地离开了灯火通明的美丽达大广场。广场上，留下一对一对的观众，优哉游哉，翩翩起舞。

参差荇菜，左右采之

窈窕淑女，钟鼓乐之

供游客发思古幽情的马车

还有他们的七色棉花糖，天啊，看到都好开心！

>> 夜宿豪华迷宫古堡

满载一船的色彩和欢乐，我6点半离开大广场，走回城边的ADO巴士车站。坐晚上7点19分的车去尤卡坦州的另一名城——坎佩切。车费144比索（合95港元），2小时45分钟的车程，就见到一大片灯海出现，到达时已经晚上10点。

花30比索（合20港元）乘出租车去Hachenda Puerta，很漂亮的17世纪建筑，原为军营古堡，本身就是受保护的文物。2000年才改为五星级酒店，整个古堡只有15间房，被权威旅游网站Trip Advisor推荐为坎佩切最佳酒店。Hachenda集团是墨西哥本地品牌，在尤卡坦半岛有五间酒店，都是各具特色的小型奢华酒店。

屋顶很高，四米以上。虽然建筑很古老，但设计很新潮。洗手

古堡的入口

空无一人的大堂，时光倒流70年

间两进式，第一间冲凉；第二间更大，有300英尺，有两张沙发的洗脸盆间。两间之间有双门开关。

屋外点点灯光，透过花园的树木，射到废墟式的残垣上，走过去，墙上挂着吊床，残垣下居然是水！这里原来是300年前的仓库，Hachenda保留了当时的墙壁，挖地基建成泳池。游弋残垣之中，如同迷宫。加上水底灯光，更加梦幻。游累了，在吊床上摇摇晃晃着看月亮和满天星斗，听着夏虫唱歌，一天奔波于两个城市，到了这个梦幻酒店，倦意全消。这间酒店也算是一个景点呢！

如梦如幻的泳池，原来是300年前的仓库

09

MEXICO

小人国城堡中的公主：坎佩切

>> 七彩梦幻古堡

以白色小屋闻名于世的是希腊的小岛圣托里尼。在新大陆的墨西哥，有个以彩色小屋闻名于世的西班牙小镇。

一个只因颜色艳丽、没有玛雅遗址悠久历史，便跃升为世界文化遗产的地方，只有坎佩切。

在众多的墨西哥小镇中，我选择了夜宿坎佩切，也是综合了网友和旅游书的意见。他们一致认为这是墨西哥最漂亮宁静的西班牙殖民小镇，全镇由色彩鲜艳的七彩小屋拼图组成。

早晨起来，一开门，眼睛都眯起来了！因为这个酒店好像打翻了天地之间的染缸！雪亮的白色石梯后面，每间房都是鲜艳绚丽的墙！炫目的鹅黄，通明的宝石蓝，火热的石榴红，每一间彩色房子的鲜明色彩，都无限延伸到天际，直到晶莹剔透的无垠蓝天。

酒店位于坎佩切主要景点地门（Gate of Land）旁，因为这个古堡原本供看守城门的西班牙士兵驻守。坎佩切被老城墙包围，有南北两大城门，南门通向大海，故名海门（Gate of Sea）；北门通向陆路，故名地门（Gate of Land）。城门下还有很多大炮，因为当年殖民者的“新西班牙”号将拉丁美洲的金银珠宝装上船，源源不断地运去马德里，1561年开始引来荷兰和英国的嫉妒，组成海盗抢劫。这就是著名的“加勒比海盗”。1684年，海盗进攻坎佩切，将此地洗劫一空，促使西班牙总督在此建立碉堡、城墙，以及两头的海门和地门。

不小心碰翻了上帝的调色盘，染成七彩纷呈的宁静小城

鹅黄的屋，宝石蓝的天，还有一池碧绿色的春水

地门下的大炮，见证那段“船坚炮利”的大航海时代

>> 小人国的街市

出了地门，就是一个很大的街市（Merkedo）。我一向对充满活力、真实地道的街市趋之若鹜。于是，这里成了坎佩切的首选景点。

市场中间，有一间貌似很地道的玛雅妈妈开的小餐厅。一盘鸡肉饭，加可乐，送红豆汤，共40比索（合25港元），味道和中餐很类似。坐在市场中间一边吃，一边看五短身材的玛雅人来来往往，玛雅人头又大又圆，没有脖子，凸肚，1.5米高，有些似曾志伟。男孩们都将头发束得竖直，令他们看起来高一些。有300多个男女老幼的曾志伟走来走去，画面很搞笑。

吃饱了，逛街市。每个国家的街市，往往是最具有当地特色的地点。玛雅人的街市有什么特别呢？错综复杂的小巷中，小店将各

身材矮小的玛雅妇人在树下卖芒果，超便宜，一公斤才7比索（合4港元）

玛雅妇人在卖玉米粉，这是传统的主食

玛雅妈妈招呼我坐下吃鸡肉饭

连玛雅人也玩跳舞机呢

种衣服货物挂出来，而且挂得很低，离地1.6米左右。

我像《小人国历险记》里的格列佛一样，每每要弓腰才能通过，十分有趣。当地矮胖的玛雅人都在货物下面穿梭来往，行动自如。呵呵，原来这里是小人国的设计，不是给游客的。

市场里的玛雅大婶都对我友善地笑，大约我们同为黄皮肤的亚洲人模样吧！市场还有游戏机铺，头发直立向上的男孩们在大跳“跳舞机DDR”，是香港十多年前的街机游戏，1比索（合0.6港元）一次。

>> 玛雅人的黑色幽默

广场旁有一家宗教用品店，除常见的十字架以外，还有一位混血的天主教圣母——深褐色皮肤的瓜达卢佩圣母（Virin of Guadalupe），1531年，她在墨西哥向一位陶艺工人显灵而得到广泛崇拜。最奇的是他们也拜巫毒（Voodoo）公仔、中国古钱、弥勒佛、犹太六芒星等。除了印度教神明之外，墨西哥人似乎什么都拜。其中最具地方色彩的是墨西哥人崇拜的死神，有装扮成圣母的死神、骷髅女神卡特里娜（Catrina），下面还有豆子、瓜子、玉米等供品。

墨西哥的死神、圣母死神、骷髅女神卡特里娜，都不是来源于西班牙传入的天主教，而是建基于本土玛雅原始宗教。玛雅对死亡的看法，和旧世界的害怕避讳刚好相反。他们相信，人死后才会重生，如同日落后才有日出。所以，玛雅人的人生终极目标是前往地狱，想方设法早些向阎王报到！

每年11月1日，墨西哥人都在先人墓地点起蜡烛，通宵庆祝，大锣大鼓，大吃大喝，比婚礼还热闹喜庆，这就是著名的死神节。

我们的弥勒佛也移民到了墨西哥，位置就在耶稣下面呢

连“哥斯拉”都摆上神台拜，口味太重了吧？还供在圣母旁边，善哉善哉！

光天化日，我要买纸扎送给你！不要怪我，当你是老友才送给你呢！

另一间人山人海的店铺，专卖纸扎人形。半米至一米高，有的比玛雅小孩还高。什么卡通公仔都有，白雪公主、蜘蛛侠、蓝精灵等。走进去，才发现是糖果店！

大人买了散装的糖果，称重后，再去选一个合适的纸扎人形，将糖果放进去，送给小朋友！中国人如果在纸扎铺中买糖果，再放进纸扎中送给活生生的小朋友，一定感觉好邪！

>> 和七彩小城的小矮人们喝酒

街市果然从不令我失望。走回城内，由“地门”走去“海门”约一公里，横贯整个坎佩切、笔直的这条大街叫59街，一眼望穿两个城门。

仿佛跌进了童话世界。两旁都是七彩小屋——一间宝石蓝、一间鹅黄、一间鸽血红、一间苹果青、一间姣婆紫、一间胭脂粉，都配上雪白的窗框，毗邻无间，毫不含糊。除了灰色和黑色，调色盘上艳丽明亮的颜料都齐了。这些七彩拼图的头上，也是对比鲜明的蓝天白云，一尘不染。

和希腊的法规一样，旧城的2 000座彩色小屋的主人，每年都必须用原本的颜色粉刷自己的房屋，使这七彩的拼图年年都保持青春的鲜艳色彩，向世人呈现令人难以置信的童话世界。16世纪城墙内的这个漂亮的西班牙风格小镇，怪不得被列为世界文化遗产。

走过安静的59街，路过一间小酒吧，强劲的音乐吸引了我。里面的酒客们向在门口张望的我热情招手，唤我进去。已有三桌玛雅人在喝啤酒，喝得醉醺醺了。不得了，每桌人都要抢着请我喝酒，又要和我合影。今天才星期一，下午2点钟，他们已醉酒了，怪不得玛雅人的身材都是又矮又胖的。

玛雅女生们毫不怕羞地抱紧我，又吸又亲我的脸，搞得我脸红红的。玛雅妈妈的女儿Koh就教我玛雅语，眼耳口鼻都教了，但我都记不住。她又指着自己的肚脐，发音居然就是广东话的“肚脐”！

每家的色彩，定于16世纪，不可擅自更改

时光在这里沉睡不醒

59街的起点是地门

妈妈，你这么热情，小心你女儿吃醋哦

连门牌也是精心设计的瓷牌

我告诉她广东话这个词发音和他们一样，她一点不奇怪，因为她听外婆说，玛雅人的祖先是中国人呢！

>> 我的玛雅小情人

喝光了满桌的啤酒，玛雅妈妈要赶回家去煮饭，Koh意犹未尽，自告奋勇带着我一起去逛街。

我们先去大广场旁的大屋Casa No.6，这是当地著名的一处16世纪豪宅，曾属于本地上流社会的望族，就像香港的何东花园一样，现在改建为博物馆。有漂亮的彩色玻璃窗，夕阳下投射出五彩的折射。

回到旁边的大广场，双塔主教堂（Catedral de Nuestra Senora）已有灯光照射，显得金碧耀眼。Koh去买来一个玉米请我一起吃，

夕阳西下时，打破的调色盘，呈现出另一种眩目

照玛雅的传统做法，上面放满了芝士和辣椒，又酸又辣，一试难忘。我们在大教堂下分享同一个玉米棒，像甜蜜的情侣。

Koh望着我手中的玉米，问我："你知道人是怎么来的吗？"我说："是泥巴造的。中国传说中的女娲、《圣经》里的上帝，都是用泥巴造人。""不对，是玉米！玛雅神最初用泥巴造了人，但太软了，就丢掉了。后来用黄色和白色的玉米塑成四对夫妇，将玉米粉做成人的肌肉，用水做成人血，这些人果然都和神一样聪明。所以，我们都是玉米人！"我笑了："哦，怪不得！你长得很像玉米啊！"Koh一点不生气，张嘴呵呵大笑，牙齿缝满是玉米碎。

Koh带我去大广场旁的二楼餐厅La Casa Vieja（意即老家）吃晚餐，坐在廊柱阳台上，俯瞰大广场和大教堂，下面游人开始多起来了。

坐在这里看看风景，十分写意，她叫了一个玛雅名菜"芒果汁椰丝炸虾"，果然很香甜好味。她说，妈妈做这样的菜最拿手，下次我再去，一定要请我去她家吃呢。

Koh口中的皇宫，原来是当地望族的豪宅

沿途叫卖报纸的小童。爸爸在后面，静静地踩着三轮车，全家乐陶陶

夕阳是坎佩切最佳的调色剂

>> 看霸王声光秀

Koh催我吃快一些，因为每晚8点在地门的城墙上有免费的声光秀“海盗风云”！其实，声光秀要收50比索（合32港元），但她教我不用买票，站在城外的马路上就可以免费欣赏。老老实实买票坐在城墙下面的，都是外国旅游团。站在后面看免费秀的，都是当地人和自由行。

声光秀的模式和迪士尼的类似，在城墙上用投影、音乐、数个古装演员，讲述坎佩切在16世纪如何建城、打海盗、修城墙的故事。

看完了，她就拉着我进了城墙里的后台，原来是去找演员们合影！一分钱不给，还要同人合影，实在太过分了！

拍完照，就要和我的第一位玛雅玉米小女友、和童话一样的小城坎佩切，依依不舍地说再见了。

再见，童话般的小城

>> 夜宿动物园

晚上10点从坎佩切坐ADO巴士，西行五个半小时，到达帕伦克已经凌晨3点半了，迟了一个小时。这是我整个墨西哥行程中唯一没有订酒店的城市。因为眼看就快天亮了，我本来就打算在车站坐两个小时，等天亮就去朝圣，越早就越少游客扫我的雅兴呢！

但车站有很多蚊子和小昆虫，连木椅子上也坐满了人。我走出巴士站，想找一家附近的小酒店，但小镇上一片漆黑。车站不寄存行李，我只好坐的士前往位于El Panchan的一家平价旅店。司机漫天要价300比索（合200港元），唯有出动我无比可怜的西班牙语，落地还钱讲成50比索（合33港元），前往45公里外的El Panchan郊区——就在前往帕伦克的玛雅景点的必经之路上。

这是一个距帕伦克遗址门口4公里的Camp Site（露营地）丛林，

偌大的5.6万平方米土地上有3家平价旅店（Cabanas），20年前就开始由同一个老板经营，我之前在香港看过这家的网评是值得信任的。出租车经过黑漆漆的公路，连路灯也没有。我开始有些担心，但很快就看到了El Panchan的招牌。森林中有点点灯火，但没有一个人，找了半天，三家都没有人。已经凌晨4点半，于是我找了间没上锁的茅屋住下来，放下蚊帐，开始睡觉。

这家旅店叫Jungle Palace，应该叫动物园！小茅屋连玻璃窗也没有，只有简陋的蚊帐，所以毫不隔音，半夜百兽齐鸣，小至青蛙蟋蟀，大至吼猴、孔雀，还有其他不知名动物的合唱，此起彼落，怪叫不停，震耳欲聋，令我感到有如睡在动物园中。

吼猴是什么呢？这是中南美洲常见的动物，其下颚长有声囊，能发出巨大的吼叫声，咆哮呼号，震撼四野，以宣示领地。每到夜晚，它们就会准时"摇滚"，吼声在1.5公里以外都能清楚地听到。

每晚都在开演唱会的吼猴巨星

这就是泰山，不，我的森林皇宫！

10

MEXICO

迷失的玛雅京城——帕伦克

>> 《夺宝奇兵》真实版

15世纪，西班牙殖民者发现新大陆上的玛雅文明，玛雅的天文历法居然比同期的欧洲更为先进精确。他们早在公元前4世纪就掌握了“0”的数字概念，比中国人和欧洲人早了1 000年。他们的数字演算可沿用到400万年后，这么庞大的天文数字，只在现代测量星空距离时才用得上。他们的地球年为365.242 0天，和现代人的测算只差0.000 2天。金星年为584天，和现代测算只差7秒。

公元前200—公元800年是玛雅文化兴盛的时期，称为古典期。古典期王国最宏伟、最美丽的玛雅城市，后人甚至将它誉为“美洲的雅典”。公元630—740年它作为玛雅的首都，在869年（中国唐朝时代）忽然被废弃。

虽然玛雅历法推算到4亿年，但玛雅最后一块石碑完成于869年，文明忽然消失。昔日繁荣的京城湮没在丛林之中，沉睡长达1 000年，保存完整。这里，就是今天的世界文化遗产——帕伦克。

站立者为著名的巴加尔王，接受俘虏的跪拜

帕伦克王宫的四层石塔，是迄今发现的唯一玛雅四层塔，成为帕伦克的代表

直到19世纪，三个考古学家陆续以《夺宝奇兵》式的传奇故事，发掘出了帕伦克的玛雅文明根源、保存完好的玛雅全盛时期巴加尔王（Pakal）的墓室，以及其埋藏在地底近千年的外层空间秘密。

>> 梦回帕伦克

夜宿万兽齐鸣的动物园，好在我一向都有背包客的流浪经验，很快就在森林合奏团的歌唱中睡着了。结果，天刚亮就兴奋地醒了。早晨拿了行李出来，门口终于有职员了，要收我250比索（合165港元），讲价讲到150比索（合100港元），她将钱放进自己口袋了，没有开票。在旅店的餐厅吃了Horchate早餐，米浆加椰汁。

早晨起来才发现，这间动物园一样的旅店，住了很多客人

当西班牙传教士看到十字神殿时，曾误认为玛雅人是天生的天主教徒

屋顶的十字，象征支撑天地的木棉树

放了行李在酒店，我就到路口坐小巴（Colecivo），车资10比索（合6.6港元），三分钟就到了帕伦克古迹门口，25比索（合16港元）森林公园费，外加51比索（合33港元）门票。

清晨的薄雾中，若隐若现一座高大的四层石塔。这是现存玛雅所有建筑中唯一的四层建筑，被考古学家斯蒂芬斯（John L. Stephens）发现时，他估计是观星台。因为玛雅人最重视天文，所以，将观星台放在王宫中部是自然的事情。

四层石塔位于王宫中部的俘虏庭院，1839年，斯蒂芬斯就是住在这里。他对走廊上的浮雕有详细的描写，手持令牌站立的，应该是玛雅王。赤膊或坐或跪在两旁的人面目狰狞，他猜测是战俘。但他在书中描绘的雕塑有红、黄、黑、白色的色彩，现在已模糊一片了。

我没有急于去爬这个石塔，反而大门入口处的碑文神殿（Temple of the Inscriptions）深深吸引了我。就在这个毫不起眼的建筑内，

玛雅王宫由高大的围墙组成，中间为观星台的四层塔

左侧是最高的碑文神殿，右侧是王宫。意即巴加尔王生活在东方（太阳升起），埋葬在西方（太阳落下）

如同电影《夺宝奇兵》的情节，阿尔伯托·鲁兹·路利（Alberto Ruz Lhuillier）于1946年发现了巴加尔王二世的墓室。

碑文神殿现在不准许人攀爬了，如果爬上25米高的顶楼，由五个门的中间进去，可以发现室内有一条秘密地道，往下通向巴加尔王二世的墓室。内藏有著名的外星人石棺，现在这个国宝级的石棺已移到墨西哥城的人类学博物馆里。

四层石塔王宫的后面就是十字架神殿，这是祭祀的中心。此十字架不是基督教十字架，而是象征支撑天地的木棉树。每年夏至日落那天，阳光会透过十字架照入内室，代表玉米开始播种的大日子。十字架神殿的内室，被称作“蒸气浴室”（Pibna），供玛雅妇女生产前洗澡用。

王宫中部被斯蒂芬斯称为俘虏庭院，跪在地上的都是战俘

>> 律师探险，发现玛雅！

在玛雅考古史上，最重要的人物是一个纽约律师——斯蒂芬斯。他在1839年第一次到访帕伦克。当时，中国正值水深火热的清道光十九年，林则徐在虎门销毁鸦片。

当时生活在玛雅古迹附近的中美洲原住民印第安人，住在泥巴茅屋里，以狩猎为生，更像是三餐不继、没有文明的原始野蛮人。所以在斯蒂芬斯之前的300年，这些新世界的过百座高度文明、建筑精良的玛雅金字塔一直被西班牙殖民者认为是旧世界的地中海文明——埃及人、希腊人或迦太基人修建的。

斯蒂芬斯热衷冒险，1834年，他是第一个到达约旦佩特拉（Petra）古城的美国人，然后又去了埃及游览。在途经伦敦回国的路上，他遇到了一位英国画家弗雷德里克·凯瑟伍德（Frederick Catherwood）。画家给了斯蒂芬斯一本书，讲述中美洲丛林中有一个由埃及人、希腊

结构复杂的王宫，有外墙、内墙、走廊、庭院、塔楼，还有众多的房间

人或迦太基人修建的古迹。1839年，斯蒂芬斯获美国总统委派担任“中美洲特使”，前往刚成立的、内战频仍的中美洲共和国探险。

他和画家由土著印第安人向导带领，在山林中走了一个月，才找到丛林深处的帕伦克。看到这些奇异的石雕，方包式的象形文字（和汉字类似，是象形文字和声音的联合体），游历丰富的他本能地否定了这个文明是来自旧世界的埃及人、希腊人或迦太基人。他是第一个将面前的土著印第安人和这些遗址联系在一起的人。他兴奋地不停写作，而同行的凯瑟伍德不停地画，连续工作了22天，将这个迷城的风貌描绘了下来。回到纽约后，1841年出版了图文并茂的《尤卡坦游记》，一纸风行，玛雅人的惊人天才、高超建筑、奇异风俗，首次展示在美国人、欧洲人的面前。原来，在旧世界的5 000年历史以外，天外有天，还有另一个独立的先进文明，叫玛雅。

由于这本书成了19世纪最畅销的游记，斯蒂芬斯名声大噪。于是他17个月后第二次去探险，前往乌斯马尔（Uxmal）、土伦、科

用石块和黏土结构的楼梯，千年来仍然保存完整，体现了玛雅人天才的建筑艺术

接受四方来贡的玛雅王，令我想起同期的同处盛世的中国唐太宗

中间跳舞的是巴加尔王的父王坎巴兰，两旁雕刻着玛雅月历

玛雅士兵精于礼仪祭祀，疏于行军作战，子曰："尔爱其羊，我爱其礼。"可惜，西班牙人不是读《论语》长大的

巴，最后到达奇琴伊察，他被这里深深感动，更确认了这个文明是欧亚世界以外的新发现文明。

玛雅古典时期（公元300—900年，中国的三国至唐朝）为文明高峰期，以低地的帕伦克为代表，修建了高大的城池和皇宫，周边小国均来朝贡。玛雅的天文、文字、美学达到高峰。

后古典时期（公元900—1521年）的文明中心，由低地转去尤卡坦半岛，玛雅国王放弃了帕伦克，建立了以奇琴伊察为中心的新玛雅帝国。由于Toltecs的皇帝由墨西哥西部的土拉坐船来到尤卡坦半岛，被玛雅人奉为神明，所以奇琴伊察的建筑融合了土拉和尤卡坦半岛的风格。

1521年西班牙殖民者侵入时，并没有遇到反抗。因为大部分玛雅城邦连年征战，无心建设，文明衰落，很多玛雅城市已经荒废。除了位于墨西哥城的阿兹特克人以外，西班牙人没有遇到任何反抗。*

---

* 资料来源：墨西哥国家人类学博物馆。

>> 夺宝奇兵发现千年古墓

帕伦克建于玛雅文明兴盛的古典期（中国隋唐时代），被弃置后，湮没于雨林整整1 000年。直到1839年被斯蒂芬斯发现，揭开了神秘的面纱。

帕伦克的神奇才刚刚开始。又过了100年，第二次世界大战结束，墨西哥考古院士阿尔伯托·鲁兹·路利在1946年进入碑文神殿（Temple of the Inscriptions），无意间发现地上的一块石头上有两排孔洞！这不是电影的杜撰情节，但比其更震撼人心！

他找来工人，使劲揭开石板，向下的石阶露了出来。他知道这里埋藏有惊世的秘密，唯一和电影不同的是，他足足用了4年时间向下发掘。1952年，终于发现了深处的埋藏千年的坟墓——巴加尔王二世的墓室，这是迄今发现的唯一完整、豪华的玛雅国王的坟墓。加上巴加尔王二世（公元603—683年，相当于中国隋朝）时是帕伦克的黄金时代，国力强大，陪葬品一时无两。

“碑文神殿”得名于顶楼的神殿中发现了三块有关巴加尔王出生、即位及死亡的碑文

令人目瞪口呆的巴加尔王翡翠面具，玛雅王仿佛重生

著名的巴加尔王绿玉面具，用的是遥远的危地马拉的上等翡翠，打磨精致，面部曲线完美吻合，1 400年后仍然光彩耀眼。玉面具现存墨西哥城的国家人类学博物馆。我专程前往墨西哥城拜访后得出结论，这个面具和地球对面的埃及法老图坦卡蒙的金面具虽然相差了1 900年，但代表了人类两大文明的皇帝面具，足以相互辉映呢！

>> 玛雅国王是外星人

戴着玉面具的巴加尔王躺在巨大的石棺中。石棺上的浮雕，传统的解释是巴加尔王死后，落入阎王的地狱，圣树由他胸中破口而出，直达天庭，哺育凡间众生。

20世纪60年代是人类开始进行宇宙探索的兴奋时期，以1969年美国阿波罗号首次登月为代表，人们开始接触到宇宙飞船。

1968年，瑞士人厄里希·冯·丹尼肯（Erich von Däniken）出版了著作《众神之车》（*Chariots of the Gods*），他认为玛雅人是外星人，最

清晨迷雾中的帕伦克，可以享受没有游客干扰的宁静

大的证据是1 400年前的巴加尔王其实是玛雅的“杨利伟”！

因为丹尼肯将这个中古浮雕打横看时，发现了和美国宇宙飞船一模一样的进气口、排气管、操作杆、脚踏板、方向舵、天线、氧气软管以及各种仪表。航天员当然是主角巴加尔王！“国王坐在飞行器上，戴上氧气面具，双手操控推进器，左脚踩着油门踏板，飞行器后面冒出冲天火焰，火箭升空。”

他将这张照片送到美国航天中心，那些宇航专家无不啧啧称奇！令人难以置信，中世纪的玛雅人会超前1 400年，操作太空飞船。

丹尼肯于是总结，在中古时代，墨西哥丛林中来过一群具有高度文明的外星智慧生命。他们教授当时还在原始时代的玛雅人先进的数字天文等知识，他们坐飞船离开后，玛雅人尊崇这些外星人为神明。这块石雕是玛雅人临摹他们见到的太空飞船，并将其国王的逝去美化成开宇宙飞船，回到外太空。

40年过去了，该书至今备受传统历史学家的非议，大多批评丹

战俘的雕像，左右都有方包一样的玛雅象形文字记事

这种三角形的屋脊，大家是否觉得很眼熟？因为土伦的城门也是这样的

尼肯在写科幻小说，而不是在严格地考古。但这本书当年即被翻译成32种语言，包括中文，大卖6 000万册，并大受世界各地学生的欢迎，也间接令帕伦克一夜成名。

试想一想，这般富有想象力的描述，在内地物质贫乏的70年代，对一个爱幻想的小学五年级学生来说有多大的吸引力！以至于相隔了30年，仍然朝思暮想，终于亲身前来帕伦克朝圣。那个小学生，就是在下了。

当我10点钟准备离开宁静的帕伦克时，入口处人山人海，旅游团巴士才杀到。和我在秘鲁马丘比丘的经验一样，这类热门的朝圣地点，一定要前一晚住在古迹附近，然后做一只早起的小鸟，才可以安静地接近圣地。

坐小巴回到ADO巴士站，尘土飞扬。我在巴士站旁边买了一个鸡丁三明治做午餐，等车去我的下一站：美洲文明之母——奥尔梅克文明。

遗址中还有很多民居，或者是王公大臣的住所，每一间都有1 000多年的历史，屹立不倒。1 000多年是什么概念呢？中国隋朝时候的民居哦，你见过吗？

旅行团杀到的时候，我已撤离了

提出玛雅国王是外星人的神秘之书:《众神之车》

ADO巴士站可以寄存行李，5比索（合3.3港元）起

>> 亚细亚的孤儿——奥尔梅克文明

东西方文明以外，还有另一个世界，那里不是南方或北方文明，它叫新世界文明。

那里，有一群亚细亚的孤儿，在一个广阔的大洲上孤寂了整整8万年。

>> 第五大文明?

小学时候读书，尼罗河、底格里斯河与幼发拉底河、恒河、黄河孕育的四大文明，就是这个地球人类文明起源的全部古代文明。

后来长大了，和外国人交往了，才知道这原来是中国人的井底之蛙之说。西方的历史观从来没有“四大文明”的概念。这个概念原来来自梁启超，他1900年在其著作中认为“地球上古文明国家有四：中国、印度、埃及、小亚细亚是也”，也就是“四大文明”。

四大文明以外，还有以爱琴海为起点的西方文明，始于公元前2000年。中国尚处于传说中的夏朝（约公元前2000年—前1600年），史料匮乏，中外考古学对夏朝存在与否仍有争议。但克里特岛的米诺斯迷宫，实实在在地存在了4 000年，每天吸引着西方人前往寻根游览，修建时间比中国第一个王朝秦朝的兵马俑早了2 000年。

为什么梁启超刻意抹掉不提呢？很简单，他写四大文明的那年，八国联军正侵入北京，慈禧正向欧美十一国同时宣战，悬赏捕杀洋人，义和团正发动“扶清灭洋”。于是诞生了这个带有晚清知识愤青

东西方文明就是15世纪已知的世界，称为旧世界

克里特岛上的米诺斯迷宫，比中国兵马俑出现的时间早了2 000年

米诺斯文明是欧洲文明的曙光，壁画上的是4 000多年前欧洲第一批文明人。看到香奈儿、路易·威登的优雅身影了吗?

思维的“四大文明”概念，流传至今。

至于一般中学到大学时的中国史、西方史，都是研究“东西方”的上下5 000年，因为这就是教育局心目中的全世界了。香港一直号称自己“东西汇聚”，因为“东西”就代表了这个世界。

>> 东西文化以外?

其实这也是以偏概全。根据西方历史学的划分，没有四大文明之说，也不是用东西方划分，而是将人类文明划分为旧世界和新世界。

两个世界的界线根据15世纪航海大发现而定。15世纪前人类认知的世界统称为旧世界，即我们熟悉的东西方文明。如果你想知道东西方文明以外的新世界是什么样子，中学的历史书甚少谈及，你一定要来新世界的美洲走一趟。

根据墨西哥国家人类学博物馆的研究，美洲没有猿人进化的遗迹，8万年前，第一个人由亚洲越过冰封的白令海峡迁徙到北美，迁移到杳无人烟的美洲。美洲土著最大的可能是中国周口店人的亲戚，而不是印度人。

经过了漫长的7万年的进化求存，这些茹毛饮血的土著孕育出美洲第一个文明，是为美洲文明之母——奥尔梅克。这也是公认的世界上第六个古文明。

希腊第一个城邦迈锡尼，早过中国首个皇帝秦始皇1000多年的“人间之王”阿伽门农，就是由此狮子门率军出发的

“咱们一齐移民去美洲！”

“面部宽阔，颧骨明显扁平，鼻根低矮”是亚洲的黄色人种（蒙古人种）的特征，也是奥尔梅克人的样子

那个年代，时值公元前1200年。欧洲的希腊第一个城邦迈锡尼的狮子王，为了国色天香的海伦，正在和土耳其那边的特洛伊苦战，然后上演《荷马史诗》中的“木马屠城”。中国正值商代，刚出现中华文明的曙光——甲骨文；印度教的前身婆罗门教、佛教的前身沙门教流行于印度。

直到1492年意大利航海家哥伦布航行至美洲前，旧世界的人们对这些新世界的同类一无所知。哥伦布更误以为所到之处为旧世界的印度，因此将此地的土著居民称作“印度人”（西班牙语为indios）。

>> 寻根之旅：玛雅文明之前1 000年

公元前1200年，旧世界的东西方文明尚未互通，更何况遥远的新世界中美洲。在这个广阔的大陆上，孤独地诞生了第一个土生的文明。

和我比较，你就明白，这些大头石像真的十分巨大

坚持要“打破砂锅问到底”的我，追溯到了美洲文明之母——La Venta公园博物馆

自从15世纪西班牙人发现新世界以来，人们一直认为拥有高大金字塔的玛雅是美洲文明的源头。直到1858年，一个农民在甘蔗田偶尔发现了一个17吨重的奇怪而巨大的石像，杏眼、平脸、扁鼻，的确像极了蒙古人种。大头石像将新世界文明向前推进了1 000年。

玛雅人的神话中说：自己的祖先是东方来的人，神为玛雅人的祖先在海上开了12条通道，他们才能来到美洲定居繁衍。

所以，新世界一点也不新，有3 200年的文明，和中国相当。新世界文明的起点，就在比亚埃尔莫萨，那块甘蔗田所在的地方。

比亚埃尔莫萨位于墨西哥中部。很长的名字，很难发音，但知道分开读两个西班牙词就明白了，Villa和英文的“别墅”意思一样，Hermosa意即美丽）。这个名不见经传的墨西哥中部小城市从来不是旅游城市，也甚少有旅游书介绍，只因我有一个重要目的，就是找

这些早过玛雅一千年的浮雕，是否和玛雅王宫一脉相承？

除了大头，奥尔梅克人也雕刻了好像日本河童的可爱形象

祭司已经出现，比我们的孔子早了600年

寻美洲文明之母——奥尔梅克文明。目的地是这个小城的La Venta公园博物馆。

>> 龙的传人

一公里长的林间步道，散布着数十个神秘的大头石像。有一个名为“修道士与神兽”的石雕。中国人一看，什么神兽，明明是五爪中国龙嘛！难道这些美洲原住民真的和我们一样，是龙的传人？那么，要改唱“遥远的美洲有一群人，他们全都是龙的传人，黑眼睛黑头发黄皮肤”了？

这些黑眼睛黑头发黄皮肤的原住民后裔，的确对中国人异常亲切。是8万年前的因缘吗？50万年前，我们的祖先是同一位周口店钻木取火的猿人爸爸吗？

这里还出土了多个橡胶球，证明玛雅文明中的球技承袭自奥尔梅克。而大头石雕的扁鼻、扁额头，是刻意打压而成的，这种奇怪的审美观也传到了玛雅文明。玛雅著名的巴加尔王的额头也是又平又扁的。

>> 豹人传说

这个博物馆居然和动物园共冶一炉。刚看完远古的半豹半人石像，旁边的大铁笼中竟然遇到真的美洲豹、黑豹、黄豹等，这个美洲最强悍的百兽之王由奥尔梅克文明开始，3 000多年来受到美洲人的崇拜，包括豹和人杂交的“豹人”。

豹人的石雕到处可见，特征是头上有裂缝、无牙齿。在奥尔梅克传说中，这是女人和美洲豹交配后生下的小孩，具有特殊的能力，受到人的敬拜。

最重要的石雕之一，就是这个半豹半人的“豹人”石雕

石豹旁边就有真的美洲豹以供比较，墨西哥政府还真有趣呢！

仰天长啸的猴子，可能是建筑物的柱子，是不是能媲美希腊帕特农神殿的少女柱？

豹是奥尔梅克人崇拜的百兽之王

>> 辣椒发源地——Tabasco州

离开博物馆，由于飞去墨西哥城的内陆机飞行时间是夜晚，于是我去比亚埃尔莫萨的街市Mercado逛逛。大家都知道，我对街市的热情大过博物馆。在这里，我买了一顶巴拿马草帽，才22比索（合15港元）。

不同于玛雅人的根据地尤卡坦半岛，这里低地的人种很少是玛雅纯种，全都是白人或白人的混血种，十分友善。由于这个城市没有游客，物价更低。3比索（合1.8港元）就能买两个有肉有菜的Taco，放了很多刺鼻的调味粉。市场也有草药店，和中国的草药店一样，草药堆积如山，几乎将矮小的店主淹没。

面包更便宜，1比索（合0.6港元）有半公斤。怪不得面包店每个排队的人都买20—30个面包。我才买一个，面对收银员奇异的眼光，简直无地自容！还有墨西哥包，原来真是源自墨西哥的！沿途还有很多5比索（合3港元）店，卖的都是中国来的小商品。

经过一间灯火通明的超市，架上有很多五颜六色的Tabasco辣椒酱！因为比亚埃尔莫萨所在的州就叫Tabasco，是的，就是我们平时吃的那瓶辣椒的名字，因为18世纪的美国人借用了这个地名作辣椒品牌的名字。街上很多小贩卖玉米、芒果、香蕉等，统统加上大量红色地道的Tabasco辣椒酱！

Tabasco州对世界的两大贡献之一：辣椒酱（另一个是奥尔梅克文明）

1 Pollo直译就是“一只鸡”！ 60比索（合40港元），永远不会令人失望

街边热狗5比索（合3.3港元），全程最便宜！

玛雅“神农氏”和她的百草阵

辣辣的芒果吃不吃？你不吃，我吃

动辄以公斤购买的面包，像我们买米一样

玛雅人和咱们8万年前是一家人，看，炸猪大肠！

当然，世界上辣椒的原产地就是这里了！我母亲家乡的川菜无辣不欢，但四川以至中国原本是没有辣椒的。如果没有万恶的西班牙殖民者将墨西哥辣椒传到中国，还有今天的川菜吗？

全球一体化，原来始于15世纪的航海大发现，打通了新、旧世界。世界不再是方形的东西方，而变成连成一体的球体了。

>> 最后一站：墨西哥城

坐上Air Mexicana的内陆机，前往墨西哥城。人齐就起飞，提前了15分钟！迟飞是经常遇到的，早飞倒是第一次！

到达墨西哥城已10点，这次入住墨西哥城刚刚开业的St Regis酒店，房间宽大，设备新潮，是全程最现代化的酒店。入住时已有靓女管家在门口等候，介绍屋内的设施，例如洗手间的镜子原来是LCD TV！打开就可以一边刷牙一边看电视；关了电视，就变成可以化妆的镜面了！

靓女管家介绍屋内的每一样设施

11

MEXICO

世界中心呼唤——墨西哥城

>> 填湖建首都

今天的墨西哥人，祖先是阿兹特克（Aztec，又称Mexica）人。

1325年，游牧民族阿兹特克人得到神的指示：如果在一个小湖的岛上看到仙人掌上站着老鹰，嘴衔一条蛇，那里就是家。后来果然在这个海拔2 300米的高山湖泊中，见到这个老鹰衔蛇的画面。这个传说中的建都故事，绘在了今天的墨西哥国旗上。当年他们填湖建的都城，就是今天的墨西哥首都——墨西哥城。

>> 世界文化遗产：中央广场

St Regis酒店的早餐很丰富，在户外的阳台上吃，有懒洋洋的阳光照过来，看外面的殖民地建筑以及改革者大道十字路口的哥伦布铜像，一吃就吃了一个多小时。

拉丁美洲就是有这种令人慵懒的本领，令我愉悦和着迷。

南半球最大的广场——中央广场（Zocalo），曾是阿兹特克帝国的祭祀中心，有三个重要建筑并立在广场上，1987年被列入世界文化遗产。

地上是代表“新西班牙”的宏伟大教堂和国家宫。墨西哥独立的象征国家宫中有呈现其历史的壁画。旁边的首都大主教堂（Catedral Metropolitana），则是美洲最大的教堂。

更精彩的是地下的代表，阿兹特克帝国的大庙（Templo Mayor）废墟，建于殖民前的1325年（时值中国元朝）。

中央广场及首都大主教堂，都是美洲最大

中央广场另一角，是曾经辉煌一时的阿兹特克大庙

>> 国家宫的妓女

广场东侧的国家宫（Palacio Nacional），也是总统府。游客只要出示护照，就可以免入场费，还有免费的一对一英语导游！好客之道，值得其他国家效仿。

伊斯里尔（Isreal）是一个历史系的大学生，每天来国家宫做义工，他向我介绍国家宫原是阿兹特克皇帝的宫殿，1521年被西班牙人所毁。1562年改建成这座三个内院的西班牙式堡垒，建成后墨西哥的第一场斗牛表演就在中庭举行，真的很有西班牙风情！每年9月15日国庆节，总统都会站在独立钟下面高呼："Viva Mexico（墨西哥万岁）！"

宫内主楼梯上最著名的壁画，是由墨西哥名画家里维拉（Diego Rivera）将墨西哥3 000年的历史——由美洲文明之母奥尔梅克文明到玛雅文明；由1521年阿兹特克帝国被西班牙殖民者征服，展开三个世纪的西班牙殖民；直到1821年墨西哥独立——艺术地呈现出来。

纠缠着的阿兹特克王国、西班牙航海家、天主教传教士、美国入侵等历史

敲响国家独立之声的独立钟

墨西哥国会也位于国家宫内。我问导游有没有扔香蕉？他笑了，说没有

画家里维拉的前妻，好像潘金莲的感觉

西班牙殖民者到达之前宏伟的阿兹特克大庙

伊斯里尔解说的焦点是介绍壁画中的一个漂亮的风尘妓女。原来她正是现实生活中背叛了画家里维拉的前妻。哈哈，好一幅《画家复仇记》！

>> 世界中心——阿兹特克大庙

广场另一边是阿兹特克大庙。这里就是1325年阿兹特克人看到湖中的仙人掌上站着一只雄鹰衔着一条蛇的地方。根据其宗教记载，这里是世界的中心。

14世纪，阿兹特克城的中心就是祭祀大庙，信仰的中心是高达40米的两座金字塔，高耸入云。1521年，西班牙殖民者将墨西哥变成"新西班牙"，存心想消灭全部原住民的文化，所以将这个伟大的建筑物夷为平地，并在大庙上面修建天主教堂，用十字架镇住土著的信仰。

结果直到1978年，墨西哥城电力公司在这里进行地下工程时，偶然发现埋藏了200多年的阿兹特克女神柯约莎克（Coyolxauhqui）石盘，重达8吨。市政府决定拆去15世纪的天主教堂，将大庙遗址还原，并修缮成为大庙博物馆。

大庙的地基以及复原的羽蛇神

大庙今天剩下的东西不多，除了地基外，就是远处标示的女神石盘

大庙的复原模型。这里就是世界的中心

穿上盔甲的阿兹特克战士

在此出土的最重要的阿兹特克女神柯约莎克石盘，中间的乳房代表无头女神

横跨墨西哥多个文明的活人祭祀，看到这放置人心的恰克莫石像，已经很熟悉了

大庙发掘出来的最重要的巨大圆石盘就是阿兹特克女神柯约莎克。看来看去，都像车轮，不像神。女神没有头，是因为她被弟弟维齐洛波奇特利（Huizilopochtli）杀死并砍了头。其后维齐洛波奇特利杀死400个兄弟姐妹，而成为万人景仰的国王乃至神明！这是阿兹特克最伟大的历史，而其所歌颂的历史却如此血腥！

今天，这里是一个考古现场博物馆，挖掘出来，保存了大庙的地基遗址。虽然今天的墨西哥人都自豪是刚强勇敢的阿兹特克人的后代，身处现场的我却感到阵阵阴气。

大庙处处都显示着阿兹特克是一个好战嗜血的民族。和玛雅宗教一样，雨神恰克的使者恰克莫的石像样子是他坐在地上，手捧献祭的人心，阴冷地邪笑。石头上面还有紫红色的血迹，因为阿兹特克人追随玛雅人，惯用活人的心脏献祭。

>> 沉没中的墨西哥城——首都大教堂

广场中心是美洲最大的教堂——首都大教堂。

教堂始建于1573年，庞大的教堂修建了近300年，直到墨西哥独立。最重要的珍品是镀金的国王祭坛，南美的木材上雕刻着由巴洛克式到新古典主义不同时期不同风格的华丽雕塑。

但金碧辉煌的天主教神坛已不是重点，顺着所有游客的目光看过去，地上的一个重心铁锤，因为由教堂顶拉绳下来，已经严重偏离垂直，证明地基下陷，教堂已经歪斜了。前文提过，阿兹特克人是在湖泊上填土建都，土质松软，根本不能承受教堂的重量。

这个广场过去100年已下沉了10米。由于殖民者用石材修建教堂，而墨西哥城开采地下水过度，沉降严重，现在宏伟的首都大教堂变成了危楼。

水上之城：墨西哥城

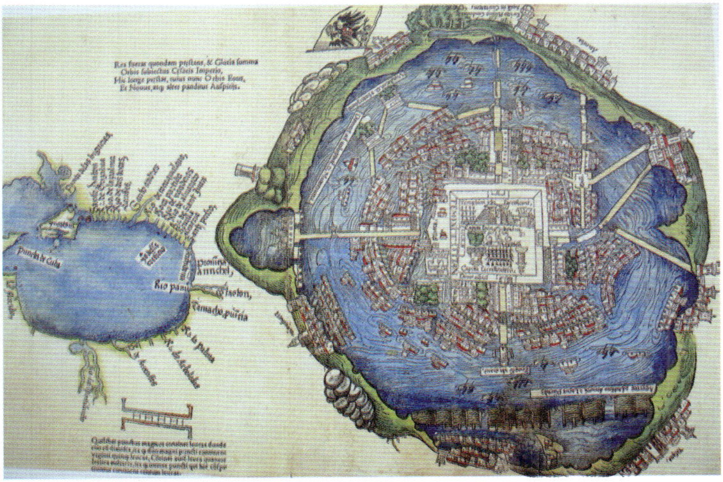

精雕细琢的大教堂正门，和残垣败瓦的阿兹特克大庙形成鲜明对比

难道，这也算是长埋地下的阿兹特克神明恰克莫显灵了？

>> 墨西哥人，根在何处？

参观完广场，我请伊斯里尔喝一杯咖啡。他告诉我，墨西哥年轻人最严重的问题是身份认同。

墨西哥的人口85%是混血儿（Mestizos），只有10%是纯西班牙血统，5%是纯原住民（如玛雅人和阿兹特克人）。但混血儿看不起原住民，称他们是大头（Yucatecos）或森林人（Lacandones）。但混血儿自己又被纯西班牙血统的人或在西班牙出生的白人看低。人们的社会地位往往被肤色、父母身份所决定。

他问我："你知道全世界的首富是谁吗？"我以为是微软的比尔·盖茨，但不然！根据《福布斯》2011年公布，全球首富是墨西哥电信巨子卡洛斯，他的财富比排第二位的比尔·盖茨还多三成！2010年墨西哥人均GDP为14 266美元，世界排名第61位，在拉丁美洲次于阿根廷、智利、乌拉圭等国，约为美国的三分之一，但却出了个全球首富！卡洛斯只证明了墨西哥财富高度集中。

中央广场的示威群众，对贫富不均表示不满

玛雅妇女由尤卡坦半岛来到首都，做无证小贩摆卖手工艺品

我告诉伊斯里尔，我在加利福尼亚州的亲戚的邻居都是墨西哥人！他说，墨西哥人千方百计偷渡去美国改善生活，现在美国有1 500万墨西哥人非法或合法打工居住！但墨西哥人另一方面又反美，因为历史上美国吞并了很多墨西哥的土地。如果你去过美国得克萨斯州、新墨西哥州、亚利桑那州、加利福尼亚州，当地的地名多是西班牙文，因为这些州曾经都是墨西哥的土地。

>> 石器时代：墨西哥国家人类学博物馆

300万年前，非洲的猿人学会了用石头制作第一件工具，人类进入漫长的“石器时代”。

玛雅已经是美洲众多文明中最先进的一个，但仍然属于石器时代

寂寞了3 000年的恰克莫，但这种用活人心来祭祀的落后文化，很难出口到旧世界呢

经过200多万年的进化，终于在5 000年前，两河流域和埃及发明了青铜工具，进入“青铜时代”。希腊、中国于公元前2500年也进入青铜时代。但是，地球有一个大陆没有青铜时代。因为15世纪前，这个孤独的大陆原地踏步停滞在石器时代了。

当亚洲的波斯征服欧洲的希腊、非洲的埃及，当欧洲的罗马贵族穿上由中亚阿拉伯商人带入的中国制造的丝绸长袍，当日本奈良和越南经中国传入印度小王子的觉悟，当印度尼西亚人手持《古兰经》前往中东的麦加朝圣时，旧世界交往频繁，激荡出更先进、更强大的民族、国家和文明。这就是先进的旧世界。

美洲，遥远的美洲，没有在历史的轨道上相遇法老王、宙斯、亚里士多德、佛祖、孔子、摩西、耶稣、安拉、大流士、成吉思汗等，寂寞了足足3 000年。亚细亚的孤儿，孤独地在这片大地上生活。少了异域文明的影响，长期生活在原始的奴隶社会、最初形态的石器时代。

>> 南半球最多的世界文化遗产

我们可能对自己生活的北半球很熟悉，世界文化遗产最多的国家依次是意大利、西班牙、中国和法国。

但南半球呢？世界文化遗产最多的国家是哪一个？答案是墨西哥。因为由中美洲到南美洲，整个拉丁美洲文化的根都可以在墨西哥找到。

墨西哥的文化遗产，与意大利、西班牙、中国和法国完全不相同，因为这些遗产大多来自15世纪前美洲的石器时代。

当今在旧世界的亚、非、欧洲，要找一个石器时代的遗址殊

墨西哥强调全人类不论肤色，同属同一个祖先

不容易。但在新世界的拉丁美洲，有一个博物馆全都是石器时代的作品。这就是研究拉丁美洲文明最重要的地方——墨西哥国家人类学博物馆。

我们在香港可以学到中国史、西方史，但课本中没有拉丁美洲史。这座被誉为拉丁美洲的历史书的博物馆，给我们上了生动的一课。

中国人挂在嘴边的总是“黄皮肤、龙的传人”，而墨西哥的国家人类学博物馆的入口大壁画，画的不是白人，也不是印第安人，而是十多位不同肤色的人种，黑人居中。因为墨西哥人明白自己不是孤独的民族，追溯自己的起源，同时也是人类的祖先，来自非洲。

博物馆的起点，是描绘美洲大地上出现的第一个人，是一位蒙古猎人，在八万年前，追逐猎物，由亚洲北部横渡冰封的白令海峡，首次踏足这片原始的广阔大地，就是今天的阿拉斯加。到了冬季，北美冰封，猎人们南迁，走了多个世纪，迁徙到气候宜人的今天中美洲墨西哥。

经过了漫长的七万年进化求存，这些茹毛饮血的土著在这里孕育出整个美洲第一个文明，是为美洲文明之母——奥尔梅克。这也是公认的世界上第六个古文明。那个年代，时值公元前1200年。欧洲的希腊第一个城邦迈锡尼的狮子王，正在和特洛伊苦战，然后上演荷马史诗中的“木马屠城”。中国正值商朝，刚出现甲骨文和青铜器。印度教的前身婆罗门教、佛教的前身沙门教流行于印度。

墨西哥的神明造型，非我等凡人能理解！这是炮弹神坐直升机，还是财神在卖电风扇？

由比亚埃尔莫萨搬了一个奥尔梅克大头石雕来墨西哥城，怪不得他闷闷不乐

蚌精来了！ Sorry，是她爸爸——蚌伯！

>> 与世隔绝的石器文明

新世界称新，只是因为不同于旧世界的亚、非、欧洲，这里没有人类更进一步进化的痕迹。这些亚细亚的孤儿，和人类其他文明完全隔绝了80个世纪。

我跟着美洲的寂静历史，由史前馆、奥尔梅克馆，到玛雅馆、阿兹特克馆，亲历这些亚细亚的孤儿如何在这块广阔土壤上由游牧到定居，从村落到城市。

如果你走过旧世界的五大文明，长达5 000多年的两河流域、埃及、爱琴海、中国、印度，再到墨西哥，你会明白，这第六个人类文明是和前五个多么地不同。因为旧世界的五个文明，数千年来一直在相互影响、相互交流。故此，你会在中国唐代文学中看到印度宗教的诗歌，埃及艳后成了罗马恺撒大帝的情妇，欧洲的亚历山大大帝攻占亚洲的波斯，将非洲的港口命名为亚历山大港等。交流带来进步。中国在春秋战国时，欧洲在公元前1000年，再进一步，由青铜时代进入铁器时代。

在博物馆中漫步了一天，我概叹只能用“异域风情”来形容这个公元1521年前几十个世纪遗世独立、全没有受旧世界青铜、铁器

雨神恰克的尊容。如果用旧世界神祇（如维纳斯、圣母、湿婆、佛陀）的审美观点，这位神明也太CosPlay（卡通）了吧！

个人喜爱的搞鬼降落神！相传他是蜜蜂神，向下飞，是方便采蜜

半鸡半人的战士陶像

面具下，还有一个诡异的小孩子面孔。据研究，这极可能是人皮面具，由俘虏的脸上剥下来

这位来自特奥蒂瓦坎的战士，披挂上阵的是一整张人皮

不要以为我是四四方方的乐高，我可是第一大神——羽蛇神！

时代文明影响，一个原生土长、自给自足的石器时代的大陆文明。

整个中美洲文明的传承，在这个博物馆一目了然。新大陆十多个美洲文明的建筑（金字塔、神庙）、宗教（羽蛇神、雨神恰克、其使者恰克莫、活人祭祀）、习俗（球技比赛，崇拜侏儒、玉米神）

玉米神（头冠有三个玉米）骑在雨神恰克头上，不是神神交配或打架，而是代表“万物滋润靠雨水”！

亚细亚的孤儿，为什么都是头大身小的怪怪样子？

等，这些相同的宗教和习俗，出现在这十多个不同时期、地方的文明之中。相比之下，玛雅是其中最光辉灿烂的美洲文明。

>> 镇馆之宝：玛雅人的外层空间飞船

我走过尤卡坦半岛的多个玛雅遗址，发现金字塔及陵墓中都是空无一物。传说中玛雅国王的无价宝物呢？原来都收藏在这个博物馆的玛雅馆里了。

镇馆之宝是玛雅皇帝巴加尔王的陵墓，由帕伦克整个出土后搬到这里展出。巴加尔王脸上戴着著名的翡翠面具——龙形的大型石雕，令我感到玛雅和中国之间存在一种久远的神秘姻亲关系。巴加尔王的石棺外面，雕有著名的玛雅外层空间飞船！

巴加尔王驾驶宇宙飞船的石棺浮雕，震撼！

这是玛雅贵族的玉器

巴加尔王全身都是产自危地马拉的翡翠。由于玛雅人相信绿色代表生命，翡翠面具使巴加尔王重生

玛雅文书写的史书，如同连环画一般。由于大部分玛雅文书都被天主教士当作异端邪说，在15世纪烧毁几尽。存世的只有这间博物馆及德国博物馆的少量藏品

博物馆里的玛雅石碑，比遗址里的完整清晰很多倍

>> 阿兹特克人的宇宙观：太阳石

除了玛雅馆，墨西哥厅的正中间，有一个直径3.57米、重24.5吨的巨石雕刻——太阳石。

这代表阿兹特克人的宇宙观，曾经被误认为是阿兹特克日历。最内圈是第五太阳，也是现在照耀地球的太阳。为了让太阳不坠，必须不停地献上人血及人心祭拜。太阳伸出舌头，准备喝人血；双手装备鹰爪，准备取人心。

第五太阳外面有四个太阳，代表曾经存在的四个太阳纪（和玛雅历法相同）。四个太阳外有20个图案，包括各种动物（如同中国生肖的兔、狗、猴等），也有物件（如屋、刀、花等），配上数字1到13，组成260天的祭祀历。

博物馆也有大型的展品，将整个羽蛇神庙都搬来了

博物馆仅有两件金饰，因为其他玛雅或阿兹特克金饰全部都被西班牙人熔化成金砖，运回西班牙或装饰教堂了

玛雅神明的造型口味都很重，这位算是平实的造型了

阿兹特克的太阳石，是重要的祭祀历，师承玛雅历法

根据博物馆职员解释，这是镇馆之宝。因为用黑曜石打磨得这么光滑，中间开洞挖成杯子，在没有工具的石器时代，几乎是难于登天。图案为一大肚的母猴

阿兹特克国王来了！

>> 西班牙殖民的功过

回到St Regis参加酒店的鸡尾酒会——总经理带领管理层和住客的一次聚会，大家都盛装出席，气氛轻松。我手持香槟，同酒店的市场总监迭戈（Tiega）先生倾谈，他一位十分聪明的葡萄牙裔墨西哥人，会说六种欧洲语言，曾在七个国家生活过。和他的祖先一样，他对东方充满好奇。我问他想去哪个亚洲国家，他说最想去中国工作，拉萨或杭州是他的心仪之选。他听到我说两个内地城市都去过，笑说，可否请我共进晚餐详谈？

头盘来了，是番茄烧大虾，弹牙爽口。我谈起西藏和中原的分别。对欧洲人来讲，那是很遥远而陌生的历史。我更好奇，墨西哥人如何评价西班牙殖民者？

他说，墨西哥人对西班牙殖民者不但不憎恨，反而仰慕。他的墨西哥同事普遍都想和白种人结婚，目的很单纯，想孩子更白。

酒店管理层和住客的鸡尾酒会

主菜是烤猪手，香浓入味，肥而不腻，很像中餐！

甜品是蛋奶苏（Souffle），面上的焦糖很香脆！

头盘是番茄烧大虾

我笑说，只有游客才会埋怨西班牙殖民者，因为我们远道而来，并不为了看欧洲的建筑物硬邦邦地拷贝在美洲殖民地上。千山万水而来，我们想看南美洲原住民的古迹，例如被西班牙殖民者摧毁的阿兹特克人大庙。

对于墨西哥人来讲，西班牙殖民者虽然摧毁了本土文明，但带来了现代的西方文明，将墨西哥由活人献祭的石器时代，一跃带入了工业社会，尽管在19世纪墨西哥的工业革命并不成功。听迭戈很羡慕的语气，看得出他们很是仰慕中国近年来的经济成就。

12

MEXICO

失落的亚特兰蒂斯：特奥蒂瓦坎

>> 不解之谜

一个湮灭在历史长河，完全没有记载的新大陆文明！

公元1325年，墨西哥人的祖先——阿兹特克人首次发现墨西哥城郊外的旷野上这两座空无一人的金字塔，认为是天神的居所，故命名为特奥蒂瓦坎，意思是“众神的居所”。其主体建筑物是日月金字塔。

16世纪来到这里的西班牙殖民者看得目瞪口呆，认定这庞然大物就是希腊传说中2 000多年前失落的亚特兰蒂斯文明。

至今仍然无法解释这两座金字塔是谁的杰作，为什么在公元前200年修建这些金字塔，为什么又废弃了2 000年。就让我们换一个角度，由新大陆的视角看回这世界吧。

>> 玉米孕育的中美洲十六个文明

新大陆的文明始于中美洲。中美洲的文明起源于玉米，公元前1500年形成部落村庄。公元前1800年，中美洲出现了第一个文明，就是奥尔梅克文明。在这漫长孤独的3 300年里，美洲的居民一直与世隔绝，大家都以为广阔的美洲就是整个世界。

和旧世界的3 300年截然不同，亚、非、欧洲海陆相连，3 000多年间互相贸易，如马可·波罗走过的丝路；互相争战，如欧亚的第一场大战特洛伊战争；由波斯的大流士到马其顿的亚历山大大帝、罗马的恺撒、蒙古的成吉思汗，都曾建立横跨欧亚非三大洲的帝国。

世界上第一个帝国波斯的大流士一世号称“全部大陆的君主”，公元前520年称霸欧亚非，万国来朝，所以波斯波利斯宏伟的石雕大门叫“万国门”，高达20米的石雕狮子柱，威武地俯瞰前来朝见的46个国家使节

特奥蒂瓦坎文明崩溃后，土拉皇帝将羽蛇神信仰带到尤卡坦半岛的玛雅地区。所以，公元5世纪的奇琴伊察金字塔继承了特奥蒂瓦坎金字塔的特征

羽蛇神高高居于尤卡坦半岛的奇琴伊察金字塔

羽蛇神低伏于相差千年的大陆另一端——墨西哥城的阿兹特克大庙里

美洲被遗忘了，那些自以为已经一统“全部大陆”的伟大君主完全不知晓地球对面还有一个大洲，3 300年来，法老、大汗们的千万雄师从未踏足。而美洲的居民也从没有见过丝绸、瓷器、指南针、大象、马、猪、铁器、铜器、车轮、印刷品、火药等，连青铜器也没有发明过，一直活在石器时代。1521年，美洲原住民过了3 000多年的农业生活，第一次见到高大的白人骑着高大的四脚动物（马），手持不知名的火枪。对这些连铁器都没有的玛雅人或阿兹特

玛雅文字的书籍，全世界只剩四本，其余全部在500年前被西班牙天主教士焚毁，这是珍藏在墨西哥城人类学博物馆的孤本。如果你不明白这个数字的珍贵性，可以作个参照对比，中国甲骨至今发现了15万片

克人来讲，简直是遇上了天降奇兵，于是不战而降。

这片处女地的文明统称为Mesoamerica，3 300年产生了16个文明，以奥尔梅克为起点，以中部来去无踪的特奥蒂瓦坎最神秘，以尤卡坦半岛的玛雅文明为高峰，以嗜血好战的阿兹特克（被西班牙人所灭）为终结。

3 300年来，这里没有受到大帝、国王们的铁骑践踏，这些文明互相影响，互相贸易，虽然语言不同，但各有所长，又有共通点。例如16个文明都是农业社会，以玉米为主食，崇拜自然界的神灵如玉米神。雨水对收成很重要，所以崇拜雨神。放人血求雨、生取活人的心脏取悦羽蛇神，是16个文明共有的传统仪式。即使大家认为最先进的玛雅文明，虽然有先进的天文台，但旁边也有用活人献祭的球赛。全部宗教都建立在对太阳的崇拜上，由特奥蒂瓦坎的金字塔到玛雅的球赛，都是为了保证太阳每天升起。

文字并不存在于每个文明中，这使美洲文明更为神秘。例如特奥蒂瓦坎没有文字，他们的来去和历史无人知晓。秘鲁的印加文明也没有文字。玛雅有自己的文字，而且已被破解，他们用树皮做纸，鹿皮、石雕记录的历法先进得令人咋舌，也记录了很多战争等历史事件。他们的数学也十分先进，公元前500年就已有“0”的概念了，为全世界最早。

>> 史上第一座美洲城市

公元前200年，中国的汉高祖七年，刘邦一边和匈奴苦战，一边修建宏伟的未央宫。

在地球的对面，美洲的中部，静悄悄地兴起了这个大陆上第一座繁荣的城市，没有任何历史记载，连它的名字也不知道。它甚至比另一边尤卡坦半岛上的众多玛雅城市出现得还早。鼎盛时，城市广达50平方公里，依靠地下的黑曜石，这座城市的居民制造出锋利的刀和弓箭，贸易做到外围地区，十分富足。

宽阔的大街，整齐的建筑，这里是美洲第一个大城市

这个新兴城市人口多达20万，是当时世界上仅次于君士坦丁堡、亚历山大港、长安、洛阳的大都会。但公元750年（时近中国唐代的安史之乱），不知道为什么，城市忽然被荒废了。

>> 死亡大道：第一间羽蛇神庙

早晨在St Regis酒店的阳台上吃了丰富的早餐，然后坐地铁，真的便宜，3比索（合2港元）全天任坐！怪不得地铁列车变成了小贩的天堂，卖2比索（合1.3港元）的口香糖，还有人背着唱机，1比索（合0.6港元）点唱一次，也有人卖盗版CD等。

到了地铁的东北站，旁边就是巴士北站总站，有几十家巴士公司。其中一家叫“Teotihuacan”的，单程38比索（合25港元），上车4分钟就开动了。问清楚是去金字塔（Los Pyramid），而不是旁边的小镇San Juan Teotihuacan的。一个小时到达日月金字塔。51比索（合34港元）入场费，停车场在1号门。

1325年登上历史舞台的阿兹特克人，是现今墨西哥人的祖先。骁勇善战的阿兹特克人征服了其他民族，在湖泊中央填湖建城，是为墨西哥城。有一次战士们出巡，偶然发现了这座被荒废了近600

墨西哥城有四个长途巴士总站。由于特奥蒂瓦坎位于北方，就要去巴士北站（Autobuses Del Norte）

集市一样的地铁，令人快乐！

历史有时真的很神奇。秦始皇忙碌着做他的兵马俑，地球另一端的特奥蒂瓦坎烧制了这件“人皮兵马俑”。两者仅相差8年

羽蛇神的蛇头（代表地）破羽毛（代表天）而出

年的城市。由于没有任何文字记载，平原上拔地而起的这个巨大金字塔，被阿兹特克人视为众神的居所，故命名为特奥蒂瓦坎，并将这个文明当作自己的祖先，继承了特奥蒂瓦坎的众多宗教信仰及仪式。

一进去，第一眼就看到羽蛇神神庙，石阶两旁有很多个羽蛇神的石雕，破羽毛而出。两旁是“四眼”的雨神，拜这次旅程中的四个玛雅遗址中无处不在的这两位主神所赐，我已经和他们成了老朋友了。想一想，如果外国人到了普陀山不识观音、游览五台山不知文殊，那么，来中国旅游做什么呢？

羽蛇神，英文翻译是Feathered Serpent，意为“生有羽毛的蛇”，普遍见于中美洲各文明的宗教中，在玛雅文明的尤卡坦半岛，又被称为Kukulkan。羽毛代表天，蛇代表地，天地就是神。这两种

残破的羽蛇神神庙，保留了美洲第一代羽蛇神神庙石雕

羽蛇神两旁，是另一主神——雨神。标志是两个圆圈的眼罩，因为雨神的泪水就是人间之甘露，对于务农的美洲人来讲，最为重要

不同的象征，常见于中美洲的宗教。

我幻想，已被毁灭的墨西哥城的阿兹特克大庙原本也应是这般吧。贯穿中美洲所有文明的羽蛇神崇拜，起源于奥尔梅克文明，而特奥蒂瓦坎这里更是整个美洲第一座羽蛇神庙！神庙出土的兵马俑十分精致，还穿了一件祭祀中生剥下来的人皮在身上！肌肤之亲，十分残酷。兵马俑现存人类学博物馆。

前面是一条宽阔的死亡大道，这个名字是发现遗址的阿兹特克人取的，以为两旁都是坟墓，其实应该叫神圣大道，因为两旁的建筑物是祭台。

>> 九十岁征服太阳金字塔

公元前200年的伟大建筑——太阳金字塔，出现在死亡大道的东方，太阳升起的方向。

这座巨大的太阳金字塔曾是城市的中心，南北长225米，东西长219米，底面积和埃及胡夫金字塔相当，高62米，约为胡夫金字塔的一半，但修建时间晚了2 400年。这是世界三大金字塔之一［除了埃及胡夫金字塔，还有更晚修建的55米高的乔鲁拉（Cholula）金字塔，也位于墨西哥中部]。2 000多年前，没有任何金属工具、车轮等，用人手搬运了300万吨石头建成。

阿兹特克人发现了这座高大的金字塔，认为第四个太阳纪末日后，世界一片黑暗。两位神牺牲自己，跳入火中而造出日月。一位神丢了一只兔子在月亮上，所以月亮比太阳暗。众神用活人的血、心祭祀，太阳由日金字塔升起，月亮由旁边矮一些的月金字塔升起。第五个太阳纪的日月开始运行了。

虽然这些是阿兹特克人的神话，但仍无助于解开日月金字塔的秘密。阿兹特克人发现这里后并没有住下来，因此16世纪这里没有被四处破坏的西班牙殖民者毁坏，逃过一劫。墨西哥城14世纪修建的阿兹特克大庙被烧毁了，这个早了1 600年的古老的神秘城市反而完整地保留了下来，并成为了今天的世界文化遗产。

2 400年来的岁月不留痕迹，仿佛昨天才竣工。这就是保存完整的太阳金字塔的魅力

我贴着陡峭的石阶，匍匐爬上太阳金字塔。一位日本老太太健步如飞，超过了我，令人啧啧称奇。墨西哥年轻人纷纷向她竖起大拇指，用西班牙语说："Usted est á sorprendiendo a。"（意思是：你很给力啊！老太太不明白，由我充当日语翻译"すごいですれ！"）她哈哈大笑。老太太已经90岁了，大阪人士，这次和12位老人家组成"关西妇人中美团"来游玩，她是团中最年长的一位。她指着塔下面举着相机拍照的同伴说："她们都嫌辛苦，不肯爬上来！"然后她教我做出"Banzai"（万岁）的双手向上的姿势，表示一把年纪还有力气登上太阳金字塔！

>> 以物易物，中墨贸易

当年以黑曜石贸易建国的特奥蒂瓦坎，现在仍然到处有小贩叫卖黑曜石做的弓箭。今天是墨西哥假期，大批中学生来参观，人人手持一个黑曜石弓箭，只需10比索（合6.6港元）。他们对中国人很感兴趣，扭扭捏捏逐个走过来和我合影。

几个胆大的同学带我去爬只有半米高的隧道，因为这条路是留给侏儒入城的。对侏儒的崇拜原来不是玛雅独有，而是始于2 000多年前的特奥蒂瓦坎。

但我的目标不是平凡不过的黑曜石，而是用青金石等半宝石做的巴加尔王面具，越小、越精美的越贵，两三英寸的索价100美元以上，令我犹豫不决。从太阳金字塔下来，休息时，有一位小贩刚好坐在旁边，向我兜售手上的青金石、贝母巴加尔王面具，要价150美元。

我虽然对面具一见钟情，但装作没有太大兴趣，反而不停地看

10比索（合6.6港币）的黑曜石弓箭是这里最受欢迎的纪念品，人手一个

手表。这块十多年前的日本精工牌旧自动手表，是我特意戴来，本来打算在物资匮乏的古巴做“以物易物”的诱饵。但在古巴时，我不停地炫耀这块手表，却好像没人看见，乏人问津。反正明天就要打道回府了，我要最后一搏了！

果然，我的鱼开始上钩了！他问我借来看看，雄性动物对于机械自动表一般都感兴趣！他摇来摇去，问我多少钱？我说120美元，眼睛扫了一下他手上紧握着的面具。他明白了，犹豫了一下，问我有没有其他东西搭上点，例如药油之类。

我随身有一盒用过的万金油，我说：“你不介意我用过的话！”怎知他一看眼睛就发亮了，于是我们就做了这单“日本、中国、墨西哥三边贸易”。他装好万金油，欢喜地马上戴上手表，向其他小贩摇摇晃晃炫耀不停。我更欢喜，因为不费分文，终于拥有一个昂贵的青金石巴加尔王面具了。拿着珍爱的面具，我赶紧走了，因为害怕他反悔！哈哈！

两公里长的死亡大道，尽头是矮一些的月亮金字塔，完工于公元300年，由于建在小山坡上，远望过去，顶点几乎和太阳金字塔一样高。金字塔每层四个角落都有人骨，经鉴定是被活埋的用于祭祀的六岁孩童。因为崇拜雨神的原住民相信儿童的泪水可以召唤雨神，为农地带来最重要的雨水。金字塔前面的月亮广场，有12座曾经是神庙的平台。13（12座神庙和1座月亮金字塔）是中美洲天文历法中重要的计算数字。

>> 墨西哥城大出血

一个小时的车程，回到墨西哥城已经是下午了，饭也来不及吃，因为作为凡夫俗子，我要做墨西哥之旅最重要的最后冲刺，那就是，

仅容小孩通过的侏儒隧道，我没有勇气去爬

侏儒入城的隧道。大家是否有些面熟？记得土拉的城门吗？

帕伦克出土的巴加尔王翡翠面具，为墨西哥国宝，现藏人类学博物馆

用青金石、贝母仿制的巴加尔王面具，手工精细

血——拼——！

墨西哥城最大的工艺品村叫Centre de Artesanias La Cindadala，这里集中了全国的纪念品。在墨西哥十日，发现不同观光点（特别是游客众多的坎昆和奇琴伊察）的纪念品，全部是海鲜价，商品不贴价钱，小贩见人开价。唯独这里店铺的纪念品全部明码实价，令我买得放心，买得豪爽！

村内有数百家店铺，来自墨西哥全国，而且比街头小贩的礼品制作更精美，价格也比小贩便宜。所以我强烈建议大家将墨西哥城安排在最后一站，并在这里一次买齐全国纪念品，令自己在墨西哥的漫长十天旅行可以轻装前行。我在这里大出血，做了大豪客，花光了全部的比索。

>> 墨西哥石器文化五比索起

经过了博物馆的教育，对美洲本土文明及宗教有一定认知了，进入眼花缭乱的石器文化阵中才不会迷失。

工艺品村的入口，其貌不扬，但宝物在此哦！

很多10比索（合6.6港元）的纪念品，如果你经历过样样都要100比索（合66港元）起价的坎昆纪念品店，这里简直就是购物天堂！

5比索（合3.3港元）的恰克莫，虽然模样不好看，但那是他的本性啊！他手中的托钵，是用来放置祭祀的人心的

美洲豹陶器中间的凹洞，也是祭祀时供奉人心的地方

这十天，无处不在的恰克莫，5比索（合3.3港元）就有交易。他是雨神恰克的儿子，也是人和神的信使，普遍见于玛雅、阿兹特克等文明中。

祭祀用的人心，放在不同的盛器上。奇琴伊察的羽蛇神大金字塔中，就出土了一个龇牙咧嘴的祭祀用美洲豹陶器，中间凹下，就是为了放活人血淋淋的心脏的。我在这里买了个30厘米大的复制品，100比索（合66港元）。

少不得要买世界七大奇迹之一的羽蛇神金字塔模型！可以回家试试在春分时对准落山的太阳，看这个10比索（合6.6港元）的小小复制品会否上演一场神奇的“羽蛇神下凡”！

玛雅农业以玉米为主，所以又称为“玉米文明”。这个羽蛇神雕像玻璃杯要价30比索，上面还有很多玉米的雕刻，因为墨西哥不仅是玉米的原产地，在玛雅神话中，创造神把黄、白玉米塑成了夫妇，所以墨西哥人崇拜玉米神。

唯一放弃的是我偏爱的降落神的陶器，太大又超贵，400比索（合260港元）。留下一个遗憾吧，因为，我还会回来的。

>> 黑色幽默的死神文化

除了土生的石器文明，这个世界上第二大天主教国家（第一大是巴西），结合了玛雅人对死亡的有趣观念，形成黑色幽默的墨西哥死神文化。

玛雅人和阿兹特克人相信，人死后会重生，就像太阳一样，不停循环。所以，他们不仅不怕死亡，还大肆庆祝。每年11月的死神节（Dia de los Muertos）这个大型嘉年华，大家都在祖先的墓地大开通宵派对。

对死亡的亲切感，对重生的热切期望，使得墨西哥产生了独特的死神圣母——身披白袍、面容是骷髅头的圣母。我买的这个死神圣母，20比索（合13港元）。

卡特里娜是墨西哥家喻户晓的卡通人物，在1913年由蚀刻画家波萨达（Posada）创作，是一个骷髅头的富婆形象。嘲讽生活奢华

西班牙殖民风的瓷花拼边镜子、少女瓷像、手绘瓷柄银碗等

白色的死神圣母和红色的卡特里娜，都是墨西哥混血文化下的经典产物

的富人，终究也是“尘归尘，土归土”的一副枯骨。我买了一个卡特里娜公仔，25比索（合16港元），红色的晚礼服配上红色的大草帽，下面是笑嘻嘻的骷髅面容。

墨西哥的瓷器受西班牙影响，加入了拉丁美洲的鲜艳色彩，风格大胆，很具特色，十分讨人喜欢。一个写着西班牙语Mi Casa es tu casa（意为“我家是你家”）的瓷门牌50比索（合33港元），花瓷十字架40比索（合26港元），一套手绘瓷柄银碗110比索（合72港元），一个瓷花拼边镜子150比索（合100港元），还有一个手持十字的少女瓷像120比索（合80港元）。

相比之下，民族织物远不及秘鲁，价贵且不精致。一件2米长、0.5米宽的手工织物要800比索（合528港元）。所以，我只在坎昆买了一件七彩Parka（玛雅民族斗篷），方便我在参观玛雅遗址时拍民族服照片。

>> Adios（再见），墨西哥

在手工艺品村，激战到最后一刻关大闸，血拼到用完最后一张百元比索，满足感如同我手上的大包小袋，喜悦感冲上云霄！

哼着西班牙名曲“mucho mucho mucho”（很多很多很多），我回到酒店。弹尽粮绝，但不减雅兴的我，在酒店门口发现有卤猪肉，香味扑鼻而来。一看，才10比索（合6.6港元）一份，令我胃口大开，一口气吃了三份。熟悉的卤猪肉口味，如同潮州卤味！我更相信，墨西哥Amigo（朋友），咱们的祖先，是同一个人呢！

今晚，就要离开墨西哥了！由St Regis酒店叫了一辆出租车，140比索（合92港元），20分钟到机场。